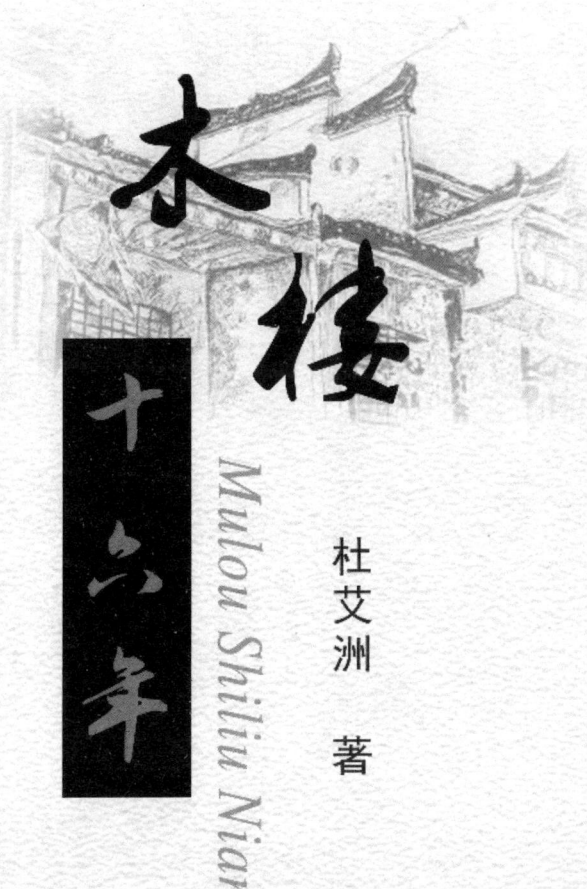

木楼十六年

Mulou Shiliu Nian

杜艾洲 著

时代出版传媒股份有限公司
安徽文艺出版社

目 录
Contents

序 篇
木楼影像　/　003

上 卷
特殊招干　/　013
键盘上的音符　/　020
那些年我穿过的军式检察服　/　027
统计趣事　/　033
暗室情结　/　038
在经济检察科做内勤　/　045
电台自播　/　051
为"辍笔"找个理由　/　058
乡镇挂职　/　065
考察前那次谈话　/　078

中 卷
特殊任务　/　085

参加华政函授学习 / 093
出差归途 / 098
画书证 / 102
举例笔录 / 107
漫谈举报 / 112
一次特别调研 / 118
赵科长锯门鼻子的故事 / 123
木楼响起电话声 / 127

下　　卷

同向发力　打击经济犯罪 / 135
一次快捷的抓捕行动 / 140
吉普车能坐多少人 / 146
再生证据是这样形成的 / 150
起赃故事 / 156
新疆追赃 / 164
大城奇遇 / 173
铤而走险的"暴发户" / 183
印泥口红 / 188
"霸王别姬"那道菜 / 195

尾　　篇

告别木楼 / 205

1984年初,砀山检察院搬进木楼,同年10月,我跨入检察行列,走进木楼。2000年5月,木楼拆迁,检察院搬入新办公楼,"检察"与木楼同在,历时十六年。

1984年5月,全国检察机关第一次统一着装,肩章、领徽、大盖帽,军队式检察制服。2000年10月,检察官摘下"大盖帽",脱下"绿军装",换上藏蓝色西装,"检察绿"与木楼共存,历时十六年。

十六年,一代老检察人教我做人做事,我从一名农民的儿子、一名高考落榜生被招录为检察干警。在检察院搬迁木楼之前,又被组织任命为副检察长。

十六年,检察事业经历浴火重生的传承,伴随改革开放,迎来了蓬勃发展的春天……

木楼见证了"检察绿"时代,"检察绿"见证了我的成长,我见证了木楼十六年——那段发展壮大的检察历程。

——题　记

序 篇

Xu Pian

木楼影像

一

所说木楼,坐落在皖北黄河故道上,是砀山县城在新中国成立后最早建起的一栋楼房。木楼自落成起,一直是县委、县政府的办公场所,直至1984年,县委、县政府搬迁后,检察院搬进木楼。

木楼临街而建,青砖墙面,白水泥勾缝。一、二两层的东西两头为大通屋,中间是双面楼,楼梯处在最中央位置。无论是两头的单面楼还是中间三层的双面楼,均是青灰色平瓦起脊。东西两头二楼屋脊的三面边缘砌有一米高的砖墙,砖墙上匀称地砌入一根根金属旗杆;中间三层楼的楼脊正中,屹立着一根高大的旗杆和一个避雷针装置。

整座楼以大门和楼梯为中轴线,东西对应。沿中轴线,楼的前后建筑起承转合,所有窗门完全相同。木楼,宛若一曲前后呼应、气韵生动的乐章,体现了中国建筑崇尚对称、秩序、稳定的审美观点。

木楼建于20世纪50年代初期,新中国刚成立不久。当时四周都是低矮平房,木楼巍然而立。它像一艘航行在海上的帆船,迎着东方冉冉升起的朝阳,劈波斩浪,进入社会主义建设新时代。

木楼给我的第一印象,是在我招干进入检察院之前。1984年高考的那一天,上午考完第一门语文科目,返回招待所,途经木楼时,突降暴雨,我只好就势躲进木楼门檐下。我与挂在门檐下的"砀山县人民检察院"牌子紧紧地贴在一起,迎接着暴风雨的洗礼。

我没有激动,也没有感慨,只顾用双手抹擦面颊上的汗水和雨水,弓腰卷起湿淋淋的裤脚。那时,检察院对我来说,就像街上冒雨疾步的行人一样陌生。我脑子还没有从考试题对与错的纠结中解脱出来,没有心思浏览墙壁上张贴的检察职能宣传画,自然也不会由衷地联想到检察机关惩治魑魅魍魉的凛然正气,更没有想到自己日后会与检察院结缘。

那时,检察院应该是刚搬进木楼不久,大门口还有没来得及整理的物件堆放得乱七八糟。大约过了半个小时,风停雨住,我向招待所走去。我回望那块"砀山县人民检察院"牌子,发现一旁还有"砀山县人事局"的方牌。四个月后,我因招干走进了这座木楼。木楼依旧,与我高考躲雨时相比,最大的变化是从大门到街道虽然只有两米多的距离,却拉起一道高高的围墙,隔断了我躲雨的路线。

从木楼里走出的人们穿着豆绿色制服,头戴大盖帽,鲜红的肩章与金黄的肩徽、国徽相得益彰,熠熠生辉。在进进出出的豆绿色制服中,总能看到有人屁股上鼓鼓囊囊的咖啡色牛皮枪套露在衣服外,飘浮的红绸布一角在豆绿色的衬托下,分外鲜艳夺目。

这一切对我来说,已不再是可望而不可即的事,我已成为检察队伍中的一员。我努力地想象着,不久后的一天,这种豆绿色的制服也会穿在我的身上。如我所愿,一年试用期满后,我如愿以偿地穿上了军队式检察制服。在我的心目中,这身制服庄重威严:肩上扛着鲜红的国旗,大盖帽上别着金光闪闪的国徽。再之后,那把"五四式"手枪也时常挎在我腰里。

二

没有人会相信,新中国成立后县城最早盖起的大楼,直到2001年拆迁,竟然没有留下一张完整的照片。

这一事实,直到砀山县人民检察院筹建院史陈列室时才被证实。院史陈列室历程篇,想以图片形式展示检察机关恢复重建以来历次办公地点的变迁,而最具时代性的前三处办公地点,却连一张照片也没有。

据说,1978年,检察机关恢复重建时,砀山检察院是十个人一间房,四张桌子,每人一个抽屉——还有两名同志合用一个抽屉。后来,检察院搬进了县水利局里的大筒子屋,那是一个非常古老的地方,是老县衙门。大筒子屋原是县水利局的办公地点,后来临时在最西头给检察院腾出四间房。

虽然检察院的办公条件有了改变,却也没有留下一张照片。如今回想起来,没有照片就对了。在那个年代,如果县城唯一一家国营照相馆的师傅们扛着三脚架,抬着摄影箱,走进昏暗的筒子屋长廊里,专门为检察院拍下一张纪念照片,有点不合时宜。

木楼临街周围光线好,不存在好不好采光问题。木楼之所以没有留下一张完整的照片,除受其他客观条件制约外,依我所见,那道高高的围墙也是其中一个因素。围墙外街道5米宽,街道对面是起脊瓦房,由于拍摄距离太短,要想把木楼作为前景完整地拍摄下来,几乎是不可能的。

其实,那些让人印象深刻的影像都是时光留在心里的映像。最美的风景,不是停留在相片上,而是留在心底的回忆。

上班第一天,我沿着宽大的楼梯走向二楼,穿的是手工纳底布鞋,就算心里不忐忑,也踩不出皮鞋敲击木板"啪嗒啪嗒"的节奏。这不由得让我想起上班前几天,村里人总拿我脚上的布鞋开玩笑。他们说,你挣断"红芋秧子"了,是城里人了,坐机关了,该是穿皮鞋的人了。我不是不想穿皮鞋,是家里买不起皮鞋,我还没有朴素到青春年少就不爱皮鞋爱布鞋的分上。

等我发了工资,买了皮鞋,感受皮鞋跟踩踏空心木地板的感觉时,便开始有事无事地研究这座木楼。有时是在别人下班后,跷着二郎腿,端着一杯茶,装模作样。我想,这座木楼里都坐过什么人?新中国成立后的砀山县第一任县长一定在这坐过,第二任、第三任肯定也在这坐过。那时他们坐的是什么椅子?趴的是什么桌子?会不会就是我现在这个位置?我甚至为他们惋惜,惋惜他们没有体会过穿着皮鞋在木楼里走动的感受。想到他们挑灯搭火、夜以继日地工作,卷起的裤腿是不是还没有来得及放开?甚至在想,他们会不会吸旱烟袋?

三

　　大家都把这座最早的县委、县政府办公楼称为木楼,木就木在地板上。楼层的地面不是水泥楼板,也不是混凝土浇灌,而是在架设的一排排方木上铺一层厚厚的木板,下面钉上木条。办公室顶面,常有粉刷的石灰大块脱落的情况。仰脸看木条,透过缝隙,能看到宽大的方木。

　　上班后,与同事日渐熟悉,虽没有深入了解每个人的性格脾气,但闭上眼睛我能想起每个人的形态。我们三个新招干人员没分配科室之前,都在办公室打杂,接听电话。那段闲散的日子,培养了我听声辨人的特长。听声,是这座木楼带给人最独特的享受。木地板中空,稍有走动,便会琴鼓联台。楼上挪动桌椅,楼下的声音比楼上的要大出一倍,还会落下陈年石灰的粉尘。粉尘落入茶杯里,优哉游哉沉到杯底。二楼共有3位女同志,如果你肯留意,不管她离你多远,只要走起路来,都能分辨出是谁的高跟鞋在"咔嚓"移动。跳着曳步舞走路的小妹,舞出的是浪漫清脆的钢片琴声;中等身材的姐姐,踏出的是极富穿透力的钟琴声;高大微胖的大姐,走出的是低沉柔和的低音提琴声。

　　从深秋到春末,烧水、取暖的煤球炉子都是安放在办公室中间的位置,到了夏季,就把炉子挪到走廊一角。木楼里人来人往,送煤球的师傅把煤球送到大门口,办公室主任推着羊角把自行车一路从煤球厂跟来,在一楼楼梯口仰面扯着嗓子吆喝:"煤球拉来了,各科室自行下来搬煤球!"他的吆喝声,每个楼层、每个科室都能听到。一时间,铁簸箕、水桶都成了搬运煤球的器具。年轻人遇到这种场合,自然会一马当先。

　　木楼没有消防设施,因为盖木楼时还没有消防环评一说。木楼处处存在火灾隐患,可却是"泾溪石险人兢慎,终岁不闻倾覆人"。每个人心里都紧绷防火这根弦,换煤球时,掏钩出的煤球放在铁簸箕里,切掉最下端那块乏煤球,端来一缸子凉水,把乏煤球浇灭。换煤球是城里人日常的家务活,可对我来说却需要从头学起,因为那个年代农村人不烧煤球,都是烧秸草柴火拉风箱用地锅做饭。

下午下班,封炉子是一项技术活。炉口封死了,炉子会因窒息而灭;封松了,煤球就会燃尽而撑不到天亮。不少科室的干警,第二天上班第一件事,就是提个煤球钳子,夹着煤球,满木楼找炉子没熄灭的科室,引燃熄灭的炉子。办公室是引炉子人去得最多的地方。我们一起招干的三个人,都睡在木楼里,保持办公室炉子不熄,是我们义不容辞的责任。

刚上班那段时间,一楼的房子还没有给我们腾出来,三张床就铺在二楼办公室里。家住三楼的马刚副检察长晚饭后下楼,教我们如何生炉子、封炉子,最主要的,是怕我们关严了门窗,发生煤气中毒事故。时值冬天,如果不是他提醒防止煤气中毒,说不定我们真会把门窗关得紧紧的来保暖。那晚,北风呼啸,半夜时分,我蒙蒙胧胧听到"吱啦"一声门响,却不想睁眼,便继续睡觉。之后,我感觉到有人在动我被子,帮着掖被角,便强打精神,咬紧牙关,睁开眼睛。马检看我醒了,使劲把被窝往床里推推,说:"接着睡吧。"那一夜,我感觉越睡越暖和。天亮才发现,我们三人每人的被子上都增加了负重,分别添加了一件大衣和一床小被褥。

四

到了有吊扇的年代,木楼却因为要安装吊扇而让人发愁。工人师傅摸不准哪儿是有方木的地方,电钻一响,"扑哧"一声,钻头打进了空洞里。

找准方木位置也未必能让人放心。或许是膨胀螺丝在方木里没有在水泥混凝土里的挤压力大,也可能是电钻打入方木的位置太偏向边缘,办公室的吊扇在夜深人静时掉了下来,办公桌被砸出一个洞。那时我们三个人已经不睡在办公室了,挪到一楼那个一间半的房间里。幸好是晚上,要是在上班时间电扇旋转着掉落下来,那就太可怕了。第二天上班,大家见此情景,都惊出一头冷汗。

出了吊扇跌落的事,检察长马上要求所有吊扇暂时都不要启用,又请来专业师傅全部重新安装。这次师傅直接把方木钻透,六号钢筋弯曲在上一层木地板上。每一间平滑的木地板上都增添两截折弯的钢筋头,与大红油漆极不相称,不小心还容易把人绊倒。

  木楼是木窗户,双扇往外推就可以打开,也有三扇中间固定一扇的。检察院刚搬进木楼时,大多数窗户的插销因为窗户变形而无法正常使用。玻璃固定在窗户扇里面,日久天长,石膏腻子一条一条脱落。钉玻璃的铁钉因生锈而到自行断掉,若不及时换上新铁钉,刮风时窗扇晃动,玻璃随时有脱落的危险。少了玻璃,夏天风吹尘飞;冬天寒风刺骨。无奈,只能老天开你一洞窗,又主动关上一扇门。每天下班时,先回家的人都会提醒一句:别忘了关窗户。可关窗户难啊,有时需要用铁锤轻轻敲打好一会,才能插上插销。上班时开窗户又推不动,还要用铁锤敲打才能打开。

  我初进检察院上班时,检察长是军转干部魏一成,一米八的个头,腰板挺直,衣服穿得板板正正,一副凛然不可侵犯的军人气质。检察长住在三楼,我们同时招干的三人住在一楼,每天早晨我们还没起床,检察长就已经沿着楼梯从三楼扫到一楼,把整个楼梯打扫得干干净净。我们每天都在下定决心,争取第二天早起扫地,可每次都是我们找到笤帚时,发现楼梯早已被打扫好了。一天,我们三个人商议,晚上把检察长房间门口的笤帚偷过来,藏在屋里。

  这一招还真有效。第二天,我们扫地,检察长晨练回来了,看到我们在扫地,笑了。检察长形象威武,但人和蔼,他对我们说:"我年岁大啦,醒得早,起得也早,你们能多睡一会就多睡一会吧。"检察长从我们身边走过时,他那高大魁梧的身影,令我们敬佩,至今仍岿然屹立在我心中。

  我们三个人,随着恋爱、结婚,先后离开木楼。但木楼像不远处人民广场里的大鼓戏场,前人走了,新人又进来。直至搬进新办公楼,木楼里仍有检察干警全家住户。他们都是军转干部,携家带口,由于城里无住处,不得不暂时栖身于木楼里。

  木楼,既是检察院办公的地方,也是检察人的家。

五

  搬进新办公楼,我们每天都要穿过宽敞明亮的大厅。藏蓝色西装映衬在洁白的瓷砖上,像幽居深山的隐士踏入明堂,恍然间,我有种丢失自己的感觉。丢失的是什么?是豆绿色制服在深红色木地板上走动时那份厚重的融合。一个人在一个集体里是一分子,在一个大环境里就是一个元素。豆绿色制服的移动如绿叶上的红花在摇曳,那肩章、徽章,既如红花,又如飘浮在花蕊上的黄粉,有一种雾里看花般的诗情画意。

只可惜,这诗,这画,都已成为过往的回忆。

新办公楼房间多,科长以上干部都坐单间。有人不适应,嫌过于清净,就像昔日常常为一块糖果、一个苹果而争吵不休的姊妹,突然间各自有了自己的家,顿觉那份情感变得生分了。

这是搬进新办公楼的第一个国庆节。院里举行升国旗仪式,大家列队伫立在国旗下,唱国歌。从军转干警里挑选三人做升旗手,他们迈着整齐而有力的步伐来到庄严的升旗台下,大家凝视五星红旗冉冉升起,齐声唱道:"起来,不愿做奴隶的人们,把我们的血肉,筑成我们新的长城……"

望着鲜艳的五星红旗,我眼前不禁又浮现出在木楼里升国旗的情景:那是1985年,我进检察院的第一个国庆节,几位干警把体形偏瘦的我从西头二层单面楼一角四十公分见方的洞孔推向二楼顶面,随后,马刚副检察长借助我的拉力爬了上来。

马刚身高体胖,洞孔刚刚够通过他的身体。我俩分别给东西两处单面楼屋脊边缘上的每一根金属旗杆都插上彩旗,他沿着墙壁金属框架攀缘到双面楼的楼顶,把五星红旗悬挂在那根高大的旗杆上。楼下仰面站立的干警们,唱起了雄壮的《义勇军进行曲》。

楼下没有足够空间,没办法列队,但每位干警都很严肃,甚至是热血沸腾。我伏身二楼砖墙上,凝视五星红旗闪耀绚丽的光辉,听干警们发自肺腑的歌唱,仿佛感受到1949年天安门升起第一面五星红旗时的震撼!

半个甲子年,弹指一挥间。木楼,定格在曾经出入于木楼的每一位检察干警的心中。

上卷

Shang Juan

特殊招干

一

1984年暑假,在第三次接到高考落榜通知后,伤痛与不甘的心情紧紧交织在一起,我的心里像憋了一股无名之火,随时可能把胸口炸开。

暑假即将过去,快到学子们迎接新学期的日子了。这天中午,我一个人蹲在红薯地里翻红薯秧子,累了,独自坐在地垄上歇息,看碧空如洗的蓝天,看各种造型的云彩。连举不第,作为一名农家子弟,我已心灰意冷,没有再复读的打算了,准备子承父业,只想死心塌地种好庄稼。这时,妹妹来喊我,说是高中学校的两位老师来了,让我回家。我疑惑不解,在新学期开学伊始,老师来找我,猜想只能是动员我继续回校复读,除此之外,我想不出别的理由。

走进村口,我老远就看到高中母校的刘瑞祥校长和张瑞峰老师正推着自行车站在我家门口。见到两位师长,我紧张、慌乱,不知所措,愧疚自己没有考出好成绩,辜负了他们的期望。然而,令我没想到的是,他俩见到我,满面笑容。在距离我还有四五米远时,刘瑞祥校长高声对我说:"告诉你一个好消息!检察院从高考分数线里招干,你正好符合条件!"

刘校长一边说,一边从上衣口袋里掏出一张纸递给我。这是他在县教育局门口手抄的招干通告。通告的大概意思是，安徽省检察机关从低于高考录取分数线五分以内，语文单科成绩七十五分以上的考生中招录三百名检察干警，招录条件没有限制农业户口或非农业户口。虽然通告没有明确限制户口，但我仍然不敢相信天上会掉下馅饼。我怯懦地问两位师长，我不是城镇户口，也能报名吗？

张老师手指通告说："你仔细看看，哪里说非得城镇户口的考生才能报名了？"我又反复阅读通告，的确没有这项规定。刘校长微笑着对我说："城镇户口和农业户口的考生都可以报名，就这件事，我专门问了县教育局的领导，他们的答复是肯定的。"

此刻，那一张誊抄通告的纸张在我手里不停抖动。我太激动了，激动到不能自已。从纸张上的书写笔迹看，刘校长应该是蹲在地上，把纸张放在膝盖上誊抄的通告。虽然纸张上有多处被钢笔尖划破的痕迹，但写的字却仍然遒劲有力，字里行间透着一股兴奋和欣慰的心境。

对于我来说，这真是天大的喜讯！我已经三次参加高考了，前两次分别以三分之差、两分之差落榜，这一次又以一分之差名落孙山。我的语文单科成绩是 99.8 分，这个附加条件似乎是为我量身定制的。我被突如其来的喜悦冲昏了头脑，竟然忘记给两位师长搬凳子、倒水，傻傻地站在那里，感觉像是做梦。张老师催促我找成绩单，马上到县检察院去报名。他说："你也不看看，今天已经是截止报名的最后一天了。"

虽然我已把那张通告反复阅读几遍，却没在意截止日期这个时间点。说实在的，那段苦难的日子，那份糟糕的心情，我根本就不知道那天是几号。在张老师的热心提醒下，我进屋去找成绩单。因为分数没过线，成绩单早被我扔得不知去向，翻箱倒柜也没有找到。两位老师心里也很着急，刘校长说："抓紧走吧，我们俩和你一起去说明情况。"

他们是一路打探，骑行近三十里路程才找到我家的。此时，已是农村人家开始做午饭的时间。父母还没从田间劳作归来，家里也没做饭。他俩一口白开水都没喝，就急忙带着我去了城里。不凑巧，走到一个叫薛口的集镇，刘校长的自行车轮胎被扎破了。我们推着自行车走了很远,才找到一个修车铺。趁着修车的间隙,张老师买来一盒饼干,我们每人吃了几块,就打发了午饭。

到达县城,绕过木楼前那堵高高的围墙,拐进县检察院大门口,刘校长迎头碰上他的一个熟人——县检察院办公室副主任赵家珍。赵主任手提一个黑包,推着自行车迎面而来,我们和他碰个正着。刘校长和赵主任打招呼,两人见面格外亲热。赵主任问刘校长,快到下班时间了,你到检察院来有什么事。刘校长说明来意,赵主任巴掌一拍,惊呼道:"真是太巧了!这不,报名材料都在我包里。我明天一早就坐五点的汽车,报送到宿县地区检察院。"

我们随赵主任一起又回到办公室。当赵主任得知我的成绩单没有找到时,二话没说,拿起摇把电话,直接让总机接到县教育局局长办公室。赵主任是从教育系统调来的,认识教育局局长。正巧,局长还没下班,当即答应让档案室重新给我补一张成绩单。张老师要和我一起去教育局拿成绩单,赵主任说什么也不让去,他说:"你们都在这歇歇吧,还是我去。快下班了,别再出差错。"

大约过了半个小时,赵主任气喘吁吁地赶回来了。他把成绩单递给我,说:"你看看,成绩没有誊错吧?"我接过成绩单,寸许纸条在手里犹有千斤分量。是它,打开了我人生里程的第一道关口。

那天下午,在刘校长、张老师的见证下,我坐在检察院办公桌前,工工整整地填写了相关招干报名表格。我清楚地记得,填写完报名表格后,天已经黑了。赵主任不在县城住,家在城东一个叫侯楼的地方,为了我的前途,他是摸黑赶回家的。

我跟随两位师长回到母校——张新庄中学。毕业班的同学们已经开学,晚饭在刘校长家吃的,晚上住在学生宿舍。张新庄中学,虽是一所农村高中,那时却是全县升学率最高的两所中学之一。每年,从这里走出一批又一批大学生,学校为国家培养了一批又一批栋梁之材。我不知道,其中还有没有像我一样让两位师长如此费心的学生。

我就是这么幸运。最后一天的机会,一步之差的邂逅,是巧合注定了我的人生,还是我人生注定遇到了三位贵人?任何人都能从幸运的背后读出一份感恩之情。这是一份让人难以忘却的情感,以至于在三十多年后,两位师长及赵主任的一言一行,我都记忆犹新,没齿难忘。

接下来是面试、体检、政审,我都顺利通过。

二

我以一种莫名的心情等待一个未知的结果,这种等待的过程是漫长的。1984年10月25日,我等到了砀山县人民检察院的检察干部录用通知书。接到通知书那天,我百感交集,三年来压抑在心里的抱怨顷刻间烟消云散,继而浮现在脑海里的是那句"苍天不负有心人"的至理名言。

等待报到上班的那几天,我太想了解检察工作了。那时,检察于我就像一根稍碰一下就会触动全身的敏感神经,哪怕有人不经意间提到"检察"两个字,我也会竖起双耳,全神贯注。书到用时方恨少,我特别想找本法律书阅读,以此来了解检察机关的工作职能和性质,像一个待嫁姑娘,对未来婆家事知道得再多都不嫌多。可那时不像现在信息量高度发达。那时要想找本法律书,很难。这让我不由自主地又回想起高考淋雨时躲在检察院门檐下的情景,后悔当初没有认真阅读墙上的检察宣传栏。

我从一些图书资料中对检察工作了解了一些皮毛,虽然知之甚少,但应对家乡父老乡亲提出的问题还真能派上些用场。村里有位老大爷拄着拐杖来我家,听说我不用上大学就直接吃"粮本",成了"公家人",特地来为我祝贺。老大爷进门便说:"听说你考上了县城的'检查'院,以后咱老百姓去县城检查病,你可要多帮忙啊!"

老大爷的话让我很伤心。那一刻,我内心纠结,悔恨自己不吃苦学习,要是考上一所医科大学该有多好啊。也许老大爷这么大年纪都没去城里医院看过病,不然,老大爷也不会说出这样的话。

我一边安慰老大爷,一边浅尝辄止地向他讲述检察院的职能。他惊讶地望了我老半天,似懂非懂地点点头,然后对我说:"咱可一定要好好干,要为老百姓撑腰。"老大爷那饱含期盼的眼神,至今还深深地印在我的心里。

由于检察院恢复重建时间不长,误认为检察院是一个检查看病的地方的人不在少数。我走进木楼,做了一名堂堂正正的检察干部后,就遇到过这种情况。那天中午下班时间,我和办公室周主任一起下楼,刚出楼门,转入那条巷口,一位老大爷吃力地拉着板车向巷口走来。板车车厢芦席上睡着一位头发蓬乱的老大娘,身上盖着一床棉布印花被。巷口是死胡同,只通往检察院楼门,除了送煤球的人和楼上住户的亲朋外,很少有板车进来。

老大爷拉着板车吃力前行,周主任一眼就看出这辆板车不属于前两种情况,便迎上前去,跟他打招呼,问他干啥的。老大爷立住脚步,回头望着车厢里的病人,对周主任说:"她昨晚还好好的,今天早起又拉又吐的,半晌工夫就浑身无力,站不起来了。村里大夫让我拉她来城里检查,求求您行行好,先别下班,给她检查检查吧。"

若是换成其他人,也许会惊讶,但我没有,周主任好像也没有。他很平和地对老大爷说:"我们这是检察院,是办案子的地方,不看病。从这往西过了隅子口,不远就是城关医院,那里看病。"周主任说完,转脸看看我。他那眼神的意思很明显,是在征询我:小杜,你去食堂吃饭不急,把他们送到医院门口吧。

县委食堂就在检察院斜对面,过马路只需几步就到,那个时间点吃饭确实不急。可我心里却迟疑,不是纠结去与不去,而是纠结直接跟着去还是骑自行车去。直接跟着去,要么跟在车后帮着推车,要么接过大爷的板车拉着病人走。脏兮兮的板车,脏兮兮的被子,还有病人那一头脏兮兮的乱发,年轻人特有的虚荣心如淋雨的生石灰裂变得特别快一般,顷刻间在心里膨大起来。我一边回应周主任说"吃饭不急,我送他们到医院门口",一边扭身去推自行车。周主任没说什么,或许他认为,我能这样做,已经不错了。

几十年间,这件事总在我脑海里不自觉回放,每次回放都有不同感悟。

每次，我都会把两位老人与我的亲生父母联系在一起，在这并非牵强附会的联系里，折磨并净化自己的心灵，于内心深处隐隐作痛中，努力改造自己。

我去上班那天，带了一床新棉被，那是父亲卖掉家里一只山羊后买了一块被面新做的。母亲把家里仅存的棉花拿到弹花房，网一床被套。父母依依不舍地把我送出村口，我默读父母脸上的幸福笑容，踏上了检察工作的征程。

同期招干的我们三人，皆来自农村，农业户口。我们三人无高低贵贱之分，亲如兄弟。

三

上班后，要做的第一件事，就是凭单位介绍信去办理农转非户口和粮油煤关系。转户口的事是办公室副主任冯玉亭帮我们办理的。记得那天，他从城关派出所给我们办好农转非户口回来，一脸微笑，对我们说："你们的心可以放进肚子里了，以后你们就是城里吃商品粮的人了。"户口是入在检察院集体户口上的，硬本本上赫然出现我们的名字，让我们和城里人挂上了钩。我们的名字第一次上了户口——之前在农村没有户口，转户口凭借生产队开具的介绍信，加盖乡政府公章。

我们去粮食局办理粮油关系，就没有入户口那么顺利了。负责办理粮油关系的人说什么也不给办，因为他不相信一个农村孩子一天大学没上，就能平白无故地吃上商品粮。我们是被看成了不可思议而又稀里糊涂地吃了商品粮的农村孩子，有癞蛤蟆想吃天鹅肉之嫌。灰头土脸地穿着布鞋的农村孩子，走进了穿皮鞋的城市人群中，惹得那个负责办粮油关系的人一脸怒气。

我们隔着小窗户把地区检察院的录用文件递给他，他瞟一眼，唰地一下从小窗口给扔了出来，气呼呼地嚷道："这文件算什么？我要分配证！"

我们一天大学都没上过，哪有什么分配证？我们隔着小窗户对他说："我们没有上大学，是从考大学的分数线里招干的，只有招录文件。"他隔着小窗口对我们说:"只有招录文件不行,要把批准招录的文件拿来才行。"我们说:"这是全省统一招录的。"他说:"你们把省政府批准省检察院招录的文件拿来,我才能给你们办理。"我抢白他一句,说:"也可能是全国统一招录的。"他立马回应:"你把中央批准招录的文件拿来,我才能给你办。"我当时并不是故意说调皮话,我真不知道那次招干是全省统一招录,还是全国统一招录。

我们自己没有办好粮油关系,只好求助单位。办公室派人去协调,不行;检察长给粮食局长打电话,仍然协调不了。办事的人坚持原则,也认死理。他认为:招干都是从城镇户口的人中招录,从来也没有从农业户口的人中招录过。农业户口的人招干,充其量是合同制干部身份,不转户口。

虽然我们最终也没能拿来文件,但粮食局还是给我们办了,这得益于杨会计想出的一个好点子。他先把我们的工资关系审批好,凭人事局和财政局的工资审批材料,去给我们办理了粮油关系。后来,据杨会计说,他去帮我们办理粮油关系时,负责办理粮油关系的那个人仍然半信半疑,自言自语地说:"这农村人怎么就能直接招录为吃商品粮的国家干部呢?"

天地良心,在那个年代,我们自己也不敢相信农村孩子能被直接招干,是检察院给了我们一片蓝天!

每当想起这件事,我都感激不尽上级检察机关在那个年代敢于把农业户口的人和城镇户口的人一视同仁、平等对待,不愧为第一个敢于吃螃蟹的人。我们报到上班后,单位提前预支了十月份下半月的工资,但没有粮油本换不了粮票,我们就没办法在食堂买饭票。粮油关系没办下来那几天,我们吃饭成了问题,办公室李大姐给我们每人赞助了几斤粮票,解决眼前困难。那时粮票真的是非常难得,我们吃掉的一定是她节俭一年的积蓄或者提前支出了当月的口粮。

键盘上的音符

一

报到上班后,我们三个人都被留在办公室工作,收发报纸、信函及楼上楼下喊人接听电话。

打字室在同一楼层最西头,杨会计兼任打字员。已到年底,财务及打字的事务都很多,我时常去给他当助手,帮助油印材料或去财政局送报表等。无事可做时,我就静静地坐在对面,看他紧扣键钮,推拉字盘,机智而灵活地捕捉每一个字钉,听字钉被吸入字孔后又被重重地敲击在辊筒上发出一声声浑厚的闷响,还有蜡纸移动到顶格前响起清脆悦耳的铃铛声。简而言之,我喜欢上了打字,我甚至认为,只有眼前打字的场景,才能称得上是遨游于知识的海洋,抑或是置身于中华文字几千年的汪洋大海里。

终于,我等来了这一天。办公室周主任主持我们三人开会。会上,他讲述自己在入伍前曾读过一年私塾,然后如何在部队被组织派送到苏州上六个月大学速成班,后来又如何当上部队文书的成长经历。之后,他说:"小杜,你语文考分高,就留在办公室工作吧,他们两个到刑事检察科去。"

我欣然接受。坐在打字机前,我从杨会计手里接过键盘推手和键钮拉杆,还有六盒备用字钉,摞起来足足有五本《康熙字典》的厚度。我从打字工作里找到了自我价值，真正理解了周主任讲述他成长经历的良苦用心。他读一年私塾，上六个月大学速成班，后来能在部队做文书，转业到地方成为单位"一支笔杆子"，其进步来源于后来的学习与历练。打字一段时间，我认识到做一名合格的打字员不容易，不但增长了知识，还锻炼了汉语言文字功底。

杨会计告诉我，院里这台上海"双鸽"牌打字机，目前是全县各机关单位中最好的一台。因为我对打字尚不熟悉，不知道它好在哪里，只知道是新买的。后来才知道，这台打字机橡胶辊筒软硬度适中，键盘不卡字钉，偶有手腕用力不均，字钉敲打在辊子上也不会穿透蜡纸。

学打字的第一道关口就是记字盘。交接那天，杨会计用一天时间，将两张蜡纸拼接在一起，给我打出满盘字表，然后用油印机印出来，方便我记忆。两张蜡纸拼接在一起，几乎占满整个油印机网面。要把两张蜡纸天衣无缝地拼接在一起，既不压字，又没有断面，也不至于印油浸入印纸，确实很困难。杨会计手把手教我调试油墨，握住辊子推印油。我一连印五六张，才有一张还算比较清晰的字表。我自责手腕用力不均衡，没掌握要领，一旁等着打印材料的同志安慰我说："不怨你，这种两张蜡纸拼接在一起的油印，就是难操作。"

打字室换了新打字员，大家好奇，路过打字室的人都在门口逗留一下。"小杜，你年轻，很快就能适应。"刑检科内勤手拿一张十六开复写纸，站在打字室门口和我打招呼。我看到他手里的复写纸，心里突然有一种大胆设想，但仅仅是一种设想而已，并没经过实践。

键盘里共有二千四百多个字，机架旁高高摆放的六个木盒里，还有三千六百多个备用字。原打字员给我打印的那张字表，多是以偏旁部首排列，只有检察机关常用的一些字和名词被调到了键盘的中心位置，调整过的字毫无规则地放在其他字格里。我不可能在短期内记住这两千多个枯燥无味的汉字排序，只能先记偏旁位置，然后在实际操作过程中再逐步摸索。

单说打字操作技术，很容易掌握，一上午就学会，但要打好、打快不容易。整个程序概括起来，无非就是按动字钉掀钮，字锤通过字格方孔从字盘上抽取字钉，然后敲击辊子上的蜡纸，啪嗒一声敲击之后，字锤自动复位，字钉落入原来的字格孔内。

二

生手如我。

我独当一面承担起打字任务时，还没有完全记住字表，等待打印的材料却纷至沓来。那段时间，我压力很大，每天晚上都加班加点地打印材料。待打印的材料，大多来自刑事检察科。一天下午，临近下班时，刑事检察科王科长走进打字室。他问我："小杜，你晚上还加班吗？"我点点头。他说："晚上在我们科喝羊肉汤，我们聚餐。"

王科长走后，我继续打材料。三四个小时之后，刑事检察科的同志来喊我，说羊肉汤已经煮好，让我去喝。我推门走进刑检办公室，大家围坐在四张拼在一起的办公桌前，鼓掌欢迎我。王科长拉我坐他身旁，说我每天加班打印材料辛苦，今天大家特意为我聚餐。我当时一激动，眼泪差点流出来。

桌上摆着从街上买来的卤菜和两瓶高粱大曲酒，煤球炉子上放着一口从家里带来的大钢精锅，大钢精锅里散发着羊肉的香味。饭后，我听说这顿饭是他们科里的同志专门兑钱操办的，两位和我一起招干的年轻人刚上班，工资低，没让他俩兑钱。我的劳动得到了大家的认可，促使着我工作更加努力。一天中午下班时，赵科长送来一份不批准逮捕决定书，下午急需要用。我中午没去食堂吃饭，赶在下午上班之前打印出来。按理说，打印稿要先交承办人校对修改后才能油印，考虑急用，我自己反复校对，在确保无差错后，就直接油印了。下午，赵科长拿到印刷稿，一连看两遍，非常满意。他对我说："你做事认真，谢谢你了！"其实，真要感谢的，还是他。他这份不批准逮捕决定书，是我打印同类法律文书中写得最完美的一篇，通篇用大量文字陈述不批准逮捕的理由，说理详细，有理有据，文式规整，用语规范，让我受益匪浅。

有次打印一份起诉书，最后一句"特依法提起公诉"中的最后一个字"诉"落在了最后一面。我怎么看都觉得别扭。遇到这种情况，现在在电脑上只需调整一下字距就能轻易解决，但在那时可不是这么简单。解决的唯一办法，就是用蜡油把前页最后一行涂抹掉，调整打字机字间距。虽然只是一个字，但加上句号，就是两个字的位置，我还想在落尾处再空出一格，使视觉上更规整，以便公诉人在法庭宣读时能够一目了然。

调整一个档位，只能空出两格。我调整两个档位，虽然落尾处空出两格，字迹却明显挤挤巴巴，整面法律文书都显得很不协调。无奈，我只好推倒重来，整体调整字间距，重新打印一份。我的打字技术还不够娴熟，打完一张蜡纸，需要半个小时。这份起诉书文字部分共计三个页面，为了一个字，我又花费一个多小时的时间。

文书打印好后，承办人拿着起诉书来找我，说是院里"此页无正文"印章找不到了，这最后一页只有落款，没有正文，需要调整字格，重新打印。我沉默了。我想说，就是为了把最后一页的那一个字调整过来，我重新打印了一遍。可我没说。稍事平静后，我突然有了主意。问题不是因为我打印的文书不规范，是出在"此页无正文"的印章找不到了，如果有了这枚印章，我就不需要重新打印了。我从备用字盘里找出"此页无正文"五个铅字钉，绑在一起，作印章用，和印章几乎没有什么差别。从此，我创造的"此页无正文"印章就这样用了很长一段时间。

办公室李大姐拿一张手写公函到打字室，对我说，这张公函只需要印一份就行。我瞟一眼，见公函手稿文字并不多，便说："我给你打一份不用油印的文件吧。"她很惊讶，责怪我说，不用油印，不如直接把手写稿送去算了！我笑了，让她给我找一张复写纸来。

其实，我也没用复写纸打印过文书，还是那天看到刑事检察科的内勤手里拿着复写纸站在打字室门口和我打招呼时才想起来的。李大姐找来一张复写纸，我在桌子上把复写纸铺在文件纸上，文件纸下面垫一张软纸，复写纸上面放一张稍厚的硬纸，做出文头分隔的标记，整齐地安装在辊子上。

我从标记下面一行开始打印,打印得很仔细,每次掀动字锤用力都很均匀,文稿上每句话我都认真记住,唯恐出现一个错字。因为不能修改,无论是格式,还是文字,一旦打印出错,前功尽弃。

打字之后,取出文件,字迹清晰,规范整洁。李大姐反复审视,一个标点符号上的错误都没发现。我很得意,心想,等有了下任打字员,就用这种办法给他打印字盘表。打印字盘表比这轻松,只需沿键盘敲打字钉就行,不用担心打错。

一段时间后,我的打字水平有了很大提高,推拉字锤轻松自如,键盘字钉的位置在脑子里建立了相对稳定的空间概念,嘴里低声默念文稿,双手犹如运筹帷幄于键盘之外。

院里派驻看守所检察员老孔,被评为全省检察系统先进个人,出席先代会的发言稿是他自己写的。孔检察员曾任县委秘书,不但字写得别具一格,不好辨认,文章也写得高深,有许多生僻字,在字盘里根本找不到。发言稿有二十多页,满眼都是认不出来的字和平时很少使用的生僻字,这是我打字以来所面临的最大的一次考验。没办法,我先找孔检察员读稿,每读完一句,我就记下来一句,这项工作做完,等于把他的发言稿全部誊抄了一遍。我有了自己的誊抄文稿,便于识别了。接下来,打字工作也很艰难。多数生僻字都在那六个木盒中,那是三千六百多个备用字啊,我像大海里捞针一样寻找。往往是为了找一个字,要上下搬动六个木盒,每找出一个字,我心里就无比快乐。

这份发言稿,我用一个星期时间打出来了,因为白天要打印正常法律文书,发言稿只有在晚上打。下午下班,我不离开打字室,加班到晚上十点多钟,再去街上吃点东西。虽然很辛苦,但收获很大。老孔文笔细腻,发言稿里使用大量成语,有些成语寓意高远,恰到好处。他的发言稿看似成语叠加,实则妙笔生花,文到高潮处,一系列排比句有排山倒海之势,气势恢宏……其实,我的收获远不止这些,那些生僻字和不认识的字,更是让我有一种重返语文课堂,聆听老师教学的感觉。

法纪检察科周科长手拿一本书，连续几天都在打字室门口站站又走。我感觉他有事找我，就主动问他有什么事需要我做。周科长欲言又止，但最后咬咬牙，还是无可奈何地告诉我，他从市院借来一本《法纪案件办案指南》，想打印出来发给法纪科每位干警，可每次来，看到我桌上的打印材料堆积那么多，又不忍心开口。

　　那一刻，我很感动，从内心深处体会到一名老同志对后辈的关怀以及对职责的坚守。我能够想象到周科长是下了很大决心才向我开口说出这几句话的，这份决心也是他对检察事业的一片赤诚之心。面对一名老同志对检察事业如此真挚的感情，这点苦、这点累对我来说又算什么？

　　我接过周科长手里的书，每晚继续加班打字。字锤敲击蜡纸声，透过窗户飘入夜空，吸引街上夜行者仰头而视。我关紧打字室的门，尽量不让噼啪声在木楼里回荡，不在这沉寂的夜晚惊扰木楼里睡眠人的梦。大约半个月时间，这本书被我打印好了。打字的过程，也让我吃透了书的实质内涵，为后来在经济检察科做内勤和办案都提供了很大的帮助。

　　一年后，我离开打字室，被调至经济检察科工作。虽然耳边不再回荡打字声，心里却有一种舍不下的情怀。记得我在丢开机架拖板离身时，键盘突然间在眼前无限放大，仿佛变成了一本厚厚的大书，像一本《康熙字典》——它让我一生都读不透，却终身受益。

三

　　在过去一百多年间，意大利人佩莱里尼·图里发明的打字机，代替手工书写、誊抄，使文件更加规范、美观、实用。

　　我坐在打字机前敲击字钉和套上围裙推动滚轮油印材料时，眼前时常浮现出电影里的镜头。打字，在六七十年代的电影中是不可或缺的场景，如今我也成了打字机前的主角。在我的记忆里，但凡有打字镜头的电影，似乎都与作家有千丝万缕的联系。

　　1992年，我已不做打字员。我看过一部外国电影《巴顿·芬克》：主人公为完成一部摔跤电影剧本，在宽大冷清而又破旧不堪的旅馆房间里搜肠刮肚，坐在打字机前却敲打不出只言片语。隔壁房间的种种怪事，使人犹如置身炼狱，火焰升腾中脑海里浮现一幕幕荒诞可笑的幻象。进入21世纪，电影《花样年华》《窃听风暴》《赎罪》都是以作家为主人公，因而片中有许多敲击键盘打字的场面。美国著名作家杰克·凯鲁亚克是一个熟练的打字工——用哈姆雷特的话说，他打字"快得像思想一样"。莫不是那段打字经历让我喜爱上文字，才有了今天坐在电脑前写《木楼十六年》的灵感？

在这篇文章里，我反复提起键盘，这是三十多年后的今天才有的感悟。一百多年前的打字机有键盘，我卸任打字员十五年后开始普及的电脑有键盘，现在的手机也是如此。剥离技术和参数的外衣，探求设计与人文的本源，键盘为什么至今都没有被取代？纽约大学一位教授对学生说："你在这键盘上学会了怎么打字，你的父母乃至你的爷爷奶奶一辈，都是如此。"这话说得如此深刻而又如此引人思索。键盘从发明中一路走来并不断改进，其间接纳了各种创新元素，没有创新的延长与弥补，就没有今天的电脑和手机。

巨大而沉重的字钉键盘，整齐地摆放着两千多个汉字，它是那么古朴庄重。阳光从窗子射进来，铅铸字钉在键盘上泛出润泽的光芒。我的眼睛时而紧盯键盘，时而注目辊子上的蜡纸，就像一名钢琴师在弹奏钢琴，那份专注，那份痴情，是油画里才有的凝重。偶然的优雅，是字锤走到行末"铛"的一声铃响，如此清脆，余音袅袅——以此，我把它称为字钉上的音符。

那些年我穿过的军式检察服

一

20世纪80年代，随着改革开放的推进，中国发生了翻天覆地的变化。应运而生的，是一个制服盛行的年代，不仅公检法，还有税务、工商等部门都戴"大盖帽"。在那个年代，制服并不局限于执行公务时穿，平时也穿，街上随处可见"大盖帽"。

制服是从事各个职业或不同团体成员的标识，而"盖帽"却是排球、篮球运动的术语，守防队员高高跳起，在空中双手扣成帽状，手腕用力下压，把正在上升的球或拍出或打掉，使对方不能得分，以此得名。对于中国社会来讲，从战争年代延续而来的"大盖帽"，象征着武力、强制性，这是该类制服一个最显著的社会文化特征。"大盖帽"被视为秩序管理的象征，执法者代表国家行使维护社会治安和经济秩序的重任，所以戴"大盖帽"。

经过一年试用期，我们顺利转正，办公室开始为我们考虑制服问题。其实，需要考虑检察制服的并非只有我们三人，那一年检察院进人最多，有一批军转干部被分配到检察院，也有从其他单位调进来的，充实了检察队伍。检察机关已经恢复重建六年，各项职能逐步规范和完善，正是需要用人的时候。

财政经费紧张是个老话题。财政不能一次拨付所有人的服装经费,只能分批拨付。安徽的检察服是在南京军队被服厂加工定做,因为是零星配发,省检察院与被服厂联系,让我们直接派人凭介绍信购买。院领导让我和办公室周主任一起,坐火车购买包括我们三个人在内的所有检察制服。

周主任在南京当过兵,对南京熟悉,我们很顺利地找到了被服厂。在厂里提货后,厂方人员帮我们把几十套服装打成两捆,扎得结结实实,像军营里叠起的军用被放大版。服装厂要为我们办理火车托运,却被周主任婉言谢绝了。他说:"天冷了,托运到货需要一个多星期时间,我们有干警出差办案急需穿制服,就不托运了。"我知道,这是周主任临时编的借口,他是为了给单位节省托运费。

坐公交车去被服厂时,我并没感觉到公交站台离服装厂路途远,但当我们每人扛着一捆服装回公交站台时,却感到站台离被服厂是如此遥远。很幸运,公交司机没有拒载,尽管过道上站满了人,我们还是硬挤出比两个人多一倍的空间,把两捆服装放在过道上,挤在摇摇晃晃的公交车上。

在南京火车站,买票、进站、检票、上站台,周主任虽已年过五旬,一点也不逊色于我。我们到砀山站下车时,已是晚上十点多钟。砀山城里没有出租车,只有一种既简单又方便的交通工具,被称为"木的",是一种利用破旧自行车改装的交通工具,三个车轮,一个木箱,载物载人的木箱在前,蹬车人在后。把服装扛出检票口,我就去找"木的",周主任特意嘱咐我,只找一辆就行。

一辆"木的"的木箱里放上两大捆服装,把木箱填得满满的。我们徒步跟着"木的"走,从火车站到单位足足有5公里路程,一点也没感到累。我想到终于能够穿上盼望已久的检察制服了,走起路来浑身是劲。

正赶上冬季,那次去南京购买的是豆绿色"军干式"罩服。回单位的路上,周主任突然问我:"你知道'大盖帽'上为什么有国徽吗?"我说:"标志着国家在行使检察权。"

周主任点点头,又问我:"'大盖帽'上有两条金黄色金属编织的穗带,象征着什么?"我答不出来。到检察院工作一年了,对那两条金黄色穗带早已熟悉,可我从没认真考虑过这个问题。周主任提示我说:"象征着以事实为根据,以法律为准绳。"

没等周主任再问,我说:"我知道镶着检察徽章的肩章是什么意思,它代表我们肩负的是人民检察事业。"因为这时我脑海里正浮现出上甘岭战役上迎风飘扬的五星红旗,耳边回响起《智取威虎山》里"革命红旗挂两边,红旗指处乌云散"的唱词。红底镶金黄色边、呢质长方形硬质肩章,正中加一枚铝合金质圆形徽章,徽章的图案为齿轮与谷穗簇拥着的五星红旗。齿轮与谷穗象征着以工农为代表的广大人民,肩章表示检察机关在全国各族人民支持下实行法律监督。

一路上,周主任对我的谆谆教诲,让我对检察制服的认识发生了深刻变化。刚进院时,我看到干警身着检察制服,感受到了那份威武、那份气派。那时,我想象自己穿上检察服会有多么神气,多么招人注目,而今真的穿上它,却感受到一种责任,一种使命。从检察长手里接过制服那一刻,我激动得热泪盈眶,感觉双手沉甸甸的。检察长拍拍我的肩膀说:"你们年轻,是检察院的新鲜血液,今后的工作任重道远,要维护咱检察形象啊!"

检察制服是检察形象的一面永恒旗帜。穿上检察制服那天,我去照相馆拍了一张二寸的冬装制服照片。之后,每发一季服装,我就去照相馆拍一张照片,留作纪念。虽然黑白照片显现不出肩章鲜红耀眼的色彩及国徽熠熠生辉的光芒,但这些黑白照片定格了我人生中的一个个重要时刻,它标志着我已正式成长为一名光荣的人民检察官。我一直珍藏着这些照片,每次翻看,都会浮想联翩,心生感慨。

三

穿上检察制服不久,我被调整到经济检察科工作,被正式任命为书记员,担任内勤。那时经济检察科管辖的案件罪名非常多,如贪污受贿、挪用公款、经济诈骗、假冒伪劣、偷税抗税等。经济检察科人手少,案件多,我虽是内勤,但也和大家一起参加办案。

1986年4月,检察服夏装发下来了。"大盖帽"只发了米黄色帽罩,罩在原来的帽子外面,变成与夏装相匹配的夏帽。夏装分长袖和短袖两套,米黄色小翻领上衣,佩戴鲜红肩章,分外耀眼。裤裆肥大,是那个年代的制服特征,走起路来两条裤腿哗哗作响。

那时正有一起案件,我和检察员去山东一个偏远乡镇调查取证。天气还不算热,我们穿长袖夏装,白衬衣,黑领带。在火车上,时不时会有人轻声问我:"你们是什么单位的?"我很自豪地回答:"检察院的。"这回答声,引来一阵阵羡慕的眼神。下了火车,我们在县城住下。第二天,我们乘坐公共汽车去乡镇,直到下午两点多钟,才在一个村庄里找到被调查人。查完材料,已经错过了去县城的最后一班公共汽车,没办法,我们只能站在公路边拦车。

靠着这身耀眼的检察制服,很快,一辆大卡车停在我们面前。司机问了我们去处,摆摆手,示意我们上车。我俩挤在副驾驶座位上,从上车开始,司机就时不时观望我俩的制服。他没有想到我们是检察院的,认为我们是军人。他问:"你们服装这么出众,一定是部队文工团的吧?"我连忙解释说不是,是检察院的。"哦。"司机一边开车一边沉思,过了好大会才说,"我是一名退伍军人,对军装有特殊感情。"

卡车开上宽敞大道,司机轻松许多,手里的方向盘不再抓得那么紧。他突然微笑着对我们说:"检察院好,检察院和军队一样,前面都有'人民'二字。"司机以最质朴的语言道出了检察制服所承载的国家之重任、人民之重托,相比之下,我自感惭愧。下车时,我们一再向司机致谢,司机说:"你们检察官是代表人民的,要为人民多做事。我们跑大车的,最恨的就是车匪路霸,遇到这样的案件,你们一定要严惩。"

司机说的是心里话,那时国家还处于改革开放初期,深化改革,新的社会矛盾不断出现,社会治安问题曾一度非常严峻。

90年代初,检察干警每人配发一身纯毛华达呢布料的中山装式春秋制服,八字形领口,硬领加一条可拆洗的洁白衬领,更显窝势领角硬挺,造型均衡对称。我是见新不穿旧的人,服装发后第二天,就穿上这身呢子制服去单位。刚坐到办公桌前,宋科长迈动着蹒跚的脚步走到我对面,拉把椅子与我相视而坐。他微笑时,眼角的鱼尾纹很密很深,我知道那是历经磨砺与坚守的岁月印证。自检察机关建制之初,他与检察事业一路走来,走过了三十多年的风雨历程,即便路上有过坎坷,他仍以一种乐观的态度经受住了考验。如今,他即将退休,内心里一定有无数不舍。

他说:"小杜,你穿上这身制服真帅气。"我被他夸得不好意思,问他:"宋科长,你还没舍得穿?"他说:"昨天拿回家试了试,大小正合适。我已经给家人交代了,去火葬场的时候,就穿这身制服。"宋科长的一席话,让我黯然伤神。彼时,从他微笑里,我深悟出一名老检察人对即将离开毕其一生坚守的检察事业的眷念之情。他依依微笑,欣慰毕其一生的追求,毕其一生的无悔,毕其一生的奉献。他的微笑,像一张创可贴,掩饰了伤口,但心依然有种不舍的痛。

我最终没有见到宋科长被送去火葬场,那时我已被调离砀山,没能参加他的葬礼,我愧对他微笑里对我所寄予的那份期盼。后来,我参加了一名离休老检察长的追悼会,见到了那身华达呢制服,笔挺笔挺的,洁白的衬领,一尘不染。家人扶柩悲恸地说:"穿着这身检察服走,这是他临终的遗愿。"

生与死是永远无法沟通的两个世界,每个人的生命都像一条小溪,最终流向那条大河。尽管谁也不知道大河尽头是什么,但有的人闭上双眼的那一刻,心是敞开的,因为他对自己一生的事业无怨无悔。

三

2000年10月,砀山检察院已搬离木楼。全国所有检察干警都摘下了"大盖帽"和肩章,脱下了豆绿色制服,换上新式藏蓝色西装,胸前佩戴鲜红国徽。

2000式检察制服,彻底淡化了现行检察制服军事化的性质和色彩,体现了社会主义法治国家新时期的检察官形象,折射出改革开放以来中国检察制度的发展和执法理念的变化,从一个特殊角度,记录了我国法治建设的进程。随着检察官服装的转变,我们清醒地认识到转变执法理念,适应新形势、新要求,做一名21世纪合格的检察官的重要性。

也许是过于恋旧,那些曾经穿过的豆绿色制服,我一件也舍不得丢弃,因为那里留下了我曾经走过的印迹,还有我一切的开始、最初的起点——梦与远方及初心与使命。现在,那些带有军事化色彩的84式检察制服,正静静地陈放在宿州市人民检察院的院史陈列室里,它给曾经经历过这些的检察人留下一份念想,也让后来的检察人了解了检察发展史。

统计趣事

一

1978年检察机关恢复重建后，内设机构的名称是在1967年之前的基础上重新定名，直至1984年我上班，还是那四个机构，换汤没换药。——秘书组更名为办公室，审查批捕起诉组更名为刑事检察科，劳改检察组更名为监所检察科，办理违法案件组更名为法纪检察科。

干部人事、行装财务、信访申诉、文秘保卫等，只要是以上三个业务科不管的，通通都归办公室管。周主任到打字室找我，说："从这个月起，你把统计工作兼起来吧。"

从那个月开始，我既做打字员，又兼任统计员。

起初，院里只有三个业务部门，除刑事检察科的内勤和我是同期招干，年龄相当，另外两个科的内勤，年龄都比我大。后来院里设立经济检察科，一名军转干部担任经济检察科内勤，年龄也比我大。办公室李大姐耐心给我讲解每一统计项目和指标要求及综合统计的计算方式，我很快就弄懂了。单是我弄懂不行，综合统计数据来源于四个业务部门的汇总填报，正确与否，取决于四个内勤日常业务的原始记录和台账的完备性。

由于科室人手少，工作忙，四个内勤都参与办案。每到月末汇总统计时，我不止一遍地催促他们——提前三五天就催，催到最后一天。他们匆匆送来的报表，或多或少都有填报错误的地方，有些错误更是屡改屡犯。

法纪检察科的张大姐，看我纠正他们的错误时为难又无奈，开玩笑说："该批评，你就大胆批评！你看，你手里的报表比他们的报表大一倍，你是'大表哥'，你怕什么？"张大姐"大表哥"一词说出，其他人皆拍手称快，说这名字起得好，从此，我便有了"大表哥"这一称谓。

"大表哥"可真不好当，那时不像现在，有电脑储存数据，办案数、结案数及案件进展流程全靠内勤记在一个小本子上。内勤要保证报表数据填写完整无误，要经常向承办人询问案件进展情况，随时记录下来。我常常会发现他们报表上有上个月忘记填报的数据。丢了数据怎么办？只有在下个月重新加上。这种情况经常出现，导致全院报表数据汇总时总是与上个月对接不上，我这个"大表哥"只能拿着报表到科里找他们一点点核对。

报表是纸质的，先用铅笔填写。我手里时常拿块大橡皮，填了擦，擦了再填，直到数据吻合后再重新誊写，工工整整地填写好统计报表后，按时报送到地区检察院。报送时间是国家强制性规定，以保证调查资料的统一性，一点也不能延误。

二

一次，一名科室内勤脚腕骨折了，躺在医院里打着绷带不能动弹。到月末科里报表不能填报，怎么办？我到医院去看望他，看似顺便谈及月末报表的事，其实我是专门为此事而去的。他把钥匙交给我，让我把他办公桌抽屉里的记录本拿来，我们约定晚上加班在医院填写。下午下班后，我带着他的记录本及空白报表去医院。他看着记录本给我说，我趴在小凳子上填写。填写中，我突然发现了问题，他住院的一个多星期以来，结案情况本子上没有记载。我是打字员，打印过的法律文书我有印象。为防止漏报，我又骑自行车返回单位，找出我存留的法律文书和打印记录，赶到医院与他的记录本认真核对，找出了最近的三起结案案件。填好报表离开医院时，天色已晚。

我家离医院很近,他爱人送我到医院门口,看我自行车转向相反方向,便问我:"天这么晚了,你还不回家吃饭吗?"我说:"不行,我要把报表带到单位去重新誊写。"当我转头即将消失在夜色苍茫中的时候,我听到他爱人在我身后说了一句话:"你这'大表哥',可真没白当。"

1985年底,单位新招干一批年轻干警,四大业务科室的内勤都换上了年轻人。我经过一年多打字和统计工作的双重历练,不但业务熟练,工作的胆子也大了,在统计报表方面俨然就是他们的老师。我自以为比他们早进院一年,能镇住他们,不料时间不长,同龄人就都混成了熟脸膛儿。

一次出现错误,我要求他们更正;同一错误出现两次,我就会批评他们。没想到,我的批评让几位小弟、小妹把我"大表哥"的称谓推向一个新高度,他们私下给我起个外号,叫"总统"。

那天,我去地区检察院送报表回来,刚走进木楼,迎面碰到一位内勤小妹,她向我打招呼,说:"哎,'总统',送报表啥时回来的?"

我转过脸,问她:"你喊我什么?"

她嬉皮笑脸地说:"喊你'总统'呀。"

我很愕然,究问缘由:"我啥时当上'总统'了?"

她说:"每月全院的报表都是你汇总统计,你不是'总统'是什么?"噢,原来如此,我欣然接受。

那几年,检察院全员办理经济案件,办公室、监所科、刑检科及后来设立的人事科等所有内设机构,都抽出专人办理案件。没办法,这么多经济案件都属于检察机关管辖,案件应接不暇,单靠经济检察科那几个人,根本办理不完。

当然,办理经济案件也有找米下锅的情况,主动出击找案件办理——最典型的,就是去火车站调度室调取货单,挖出偷漏税案件线索。偷漏税案件好办,售货方与购货人核对清楚,通过工商部门核实是有证经营还是临商,再委托税务机关算出应交税费,整个案件基本就办成了。这类案件大都由其他内设机构办理,经济检察科办得较少——他们是正规军,理应办理难办的案件。还有更主要的原因,是经济检察科的同志不好意思与其他部门争抢那份奖励钱。

那几年,财政保工资,不保办公办案经费。办理经济案件追回的赃款上缴财政返还后,院里按一定比例奖励办案人员,由此调动全员办案的积极性。检察院穷,穷则思变。这种情况并不是某一个检察院的独创,全国不少地方都是这样,我们也是从外地学来的经验。

那年,我们办公室办理了一起偷税案件,是副主任带人办理的,其间,我也跟着去查过材料。案件办结,追回赃款,做免予起诉处理,这是那个时代带有普遍性的结案处理模式。案件结案,月末填写报表时,副主任给我的数据是"挽回经济损失近三万元"。我问:"挽回经济损失具体数字是多少?"副主任说:"这起案件是我们与税务机关联合办理的,我们追回税款是一万元,税务机关也借机收缴一万多元税款,你就填近三万元吧。"

报表上还能填"近多少元"？我坚决不同意,争辩说:"统计报表不同于年终总结,数字必须精准。"我认为税务机关收缴的数字不能计算在我们检察机关的办案追赃数里,我坚持按照卷宗里开具的收据数填写一万元。副主任无奈,摇头苦笑说:"你这小孩,真拧劲头,你知道你填一万元,我们得少领多少奖励款吗？"

干统计那两年,我的收获还真不少,也养成了干工作"拧劲头"的好习惯。

三

我每月一次,坐公共汽车去地区检察院送报表。起初,这是我最开心的一件事,但开心总是很短暂,时间一长,开心变成了不如意。

从县城到宿县地区所在地有一百六十多公里,坐公共汽车要五个小时。早晨五点坐第一班车,按讲,上午下班前应该能赶到,完成送报表任务。可每次十有八九都赶不上,只能等到下午。因为农村集镇到处都骑路逢集,过一个集市有时需要十几分钟甚至半小时。

做每一件事,久了,难免会有倦怠期。当初趴在汽车玻璃窗口,看农村改革开放后集市上热闹非凡的景象,像是逛风景,很新奇。次数多了,这份新奇渐渐淡了,继之而来的是对堵车的厌倦。就像上车前在汽车站门口吃的那三个大包子,第一个很香,第二个香味没那么浓了,第三个香味更淡,这就是所谓边际效益递减的表现。

其实,从县城到地区检察院所在地也有火车,但我不敢坐,时间点不好。下火车已是晚上十点多钟,要带着报表在旅社住一晚上,我怕找旅社的路上万一被抢劫,报表可是涉及检察机关的秘密啊。虽然经历了"严打",但后期乱象还是有所抬头,公开抢夺抢劫的事时有发生。

不过,我也坐过一次火车去送报表,是个例外。

地区检察院打来电话,要求这月报表必须在第二天上午下班前送到,我只有坐晚上的火车去了。下车后我不敢住火车站附近的小旅社,把装报表的大信封掖在怀里,直奔地区招待所。那天正赶上地委有会议,普通房间和大通铺已经满员,只有一个高档点的标准间还有一个床位,住的也是参加会议的同志。我没有选择,只好花五块钱住下。

那一晚,我很忐忑,想到我还年轻,住这样的高档房间回到单位怎好意思报销?领导会对我产生什么印象?越想越睡不着觉,加上那位同志的呼噜声,我彻底失眠了。回到单位,我老老实实地把情况向办公室主任做了汇报,主任听后哈哈大笑,拿着我的发票就去找检察长签了字。

看来,领导对我这个"大表哥"的印象还是不错的。

暗室情结

一

唐诗人孟郊诗曰："暗室晓未及,幽行涕空行。"我这里所说暗室,绝无苦吟诗人反映世途艰险之意,是真实的黑暗无光的房子。

暗室,是检察院冲洗照片的地方。运用照相器材记录与犯罪有关的现场物证、人的相貌、尸体等,是执法取证的一项重要技术手段。在那个年代,砀山检察院的办案装备,除一台"北京"吉普车,就数暗室里的冲洗设备了。

没有设立检察技术科之前,法纪检察科的冯钟同志是检察院的刑事照相技术人员,暗室的工作由他负责。冯钟是位做事严谨的人,做事精益求精,特别是他用现场照片制作的现场勘验图,在图标指引下,让人一目了然地掌握现场情景和具体事物状态,有效地避免了认识上的主观性、片面性。

我上班第二年,暗室事务多,冲胶卷、显影、定影、水洗、抛光都由冯钟一人来做。领导并没安排,可我在打字空闲,想给他打个下手。说实话,那时打字桌上每天都会送去一摞签批打印的材料,哪有什么空闲？虽然没有空闲,但有机会进入暗室也让我异常兴奋。因为在此之前我曾进过一次暗室,看到相纸丢入盘子里,一会就显出人影来,觉得非常神奇、有趣,那是暗室给我的第一印象。

我之所以兴奋,还有一个原因,我知道暗室里的一切工作都来源于照相,学会了冲洗放大,不但以后自己照相的胶卷能够冲洗,同时也能提高照相技术。第一年上班,暑假里,几位同学在周末相约来城里找我玩。当时,我已是拿工资的人了,同学来了,除了招待吃饭外,最感兴趣的事就是照相留念。我借了一台相机,在照相馆提前买了一卷360黑白胶卷,等同学来了,一起去城河边照相。周末那天,县城隅子口唯一一家国营照相馆等着照相、冲胶卷及取照片的人特别多。我买了胶卷,却打不开借来的相机,无法把胶卷装进去,只好求助于卖胶卷的师傅。卖胶卷的师傅极不耐烦地接过相机,帮我把胶卷"放"进相机里。

午饭后,我们兴高采烈地去照相,那卷360张胶卷记录了同学间三十六次不同的造型。同学相聚后,大家都等着我把相片洗出来,心急的同学等不及,第二天就催促我。我当天就把胶卷送到国营人民照相馆了,三天后我去拿,还是那个帮我往相机里"放"胶卷的师傅值班,他接过我的条子看了看,转身递给我一个纸袋。我迫不及待地当场打开,抽出的是一卷冲洗后的空白胶卷,胶卷上连一个人影也没有。我问师傅怎么回事,他说:"你送来冲洗的就是空白胶卷。"

我说:"不对,我明明把三十六张胶卷都照完了。"

他说:"你胶卷装入相机,根本就没把胶片挂在齿轮上。"

我很生气,对他说:"我是让你帮我装的胶卷!"

他说:"你打不开相机,我只帮你打开相机,把胶卷放在相机里,挂没挂上是你自己的事。"

那次教训太惨重了,我在同学面前丢尽颜面,下决心一定要学会照相,学会自己装胶卷,学会自己打开相机。如果真有机会学习照相知识,我能不兴奋吗?

二

暗室里的神秘感深深吸引着我,我找到冯钟,一再请求:"只要暗室有冲洗任务，一定喊上我。"

那段时间，送来打印材料，我分出轻重缓急，不同层次分放不同位置，把急用的马上打出来，其他单放一起，能打多少就打多少。暗室真的需要我了，材料就留在晚上加班打印，随时做好可以脱身去暗室帮忙的准备。

终于有了一次帮忙的机会，我踏进暗室，脑子一片空白，什么也看不见，只感到暗室一片漆黑。冯钟摸索着打开灯泡，我才反应过来，原来我第一次进暗室时，这只红色灯泡是亮着的。十五瓦的灯泡被两层红布紧紧地包裹着，散发出微弱的光。我在这种权威、警示色彩的刺激下，渐渐可以看到暗室里的物件了。

红色是生命、活力、热情、朝气的象征，悦目明朗的色彩能够通过视神经传递到大脑神经，从而促进人的智力挥发。我在暗室适应一会，发现冯钟提着水桶关上门，没给我打招呼就出去了。我脑子里立马想到：这是我的错，提水应该是我这个打下手的人干的活。他从洗刷间吃力地提来大半桶清水，把门反锁上。我不知道这大半桶水是干什么用的，便向他询问用途，他笑笑说："一会你就知道了。"

他从挂架上取下一副已提前在显影液里冲洗晾干的120黑白胶卷，拉直胶卷对着红色灯光反复审视。我不懂他这一环节在放大照片中起什么作用，站在他身后跟着看。在感光灯下，我似懂非懂地看着显影后的胶卷呈现出黑白亮度不同的银影像。

他应该是做到心中有数了，长出一口气，把胶卷放在工作台上，然后告诉我："放大照片，第一步是测试胶卷的曝光时间，譬如这副胶卷，感光有薄有厚，要分别对待。厚的以扳动五次按钮为基数，薄的以扳动三次按钮为基数进行测试。"

他说的这些技术理论，我一点也听不懂，只能在实践中去感知。这是一种原始的暗室技术，单说时间掐算问题，以手工扳动按钮次数来计算，全靠用心把握。这让我突然想起语文课本里的《卖油翁》，翁曰："无他，但手熟尔。"

那时没有现代化设备，冯钟和无数放大相片的人一样，只能用手工扳动按钮的办法来计算时间。每一张胶卷都要经过多次尝试,才能确定最后的结果。这项工作,靠的是努力和勤奋,这也是他后来能成为一名摄影家的基础所在。他的摄影作品屡次获奖,是靠勤奋和智慧推开了一扇文化纪实之门,开启了一片检察摄影新天地。

显影液、定影液调配好,他从相纸的边角剪下窄窄一条,卡在放大机平板上,每次从黑色卡板下推出一部分。一张胶卷的同一部位通过数次扳动按钮的不同曝光,呈现多种不同的色调。一阵"啪嗒"的按钮扳动声响之后,他把窄窄的相纸条递给我,让我放进显影液里并轻微拨动。我一边用镊子拨动纸条,一边看着纸条在显影液里神奇地变换着颜色,却不知道如何把握显影时间。冯钟目不转睛地盯着纸条看,原来这是靠视角观察来确定显影度。

每一次显影之后,他迅速从我手里接过镊子,把纸条拿出来放入定影液里。终止了显影,定格了色调,同时也确定了他满意的曝光次数。他捏纸条的神情是那样专注,那是一种选择与取舍——是在众多中确定唯一的决断,是对胶卷曝光不足或曝光过度的弥补,是中国传统中庸之道的具体体现。

胶卷放入放大机顶盒里,通过对中间厚度的胶卷的测试,依次推断对整卷胶卷中每一张胶卷需要扳动曝光的次数,此所谓"一叶知秋"也。

正式冲洗放大照片时,他每一张做得都很仔细。因为那时胶卷很贵,相纸也很贵,多扳动一下或少扳动一下放大机平板上的按钮,都有可能造成相纸的浪费。我所能做的工作,就是帮助拨动显影液里的照片,防止照片叠压而导致显影不均衡,至于每一张照片的显影时间还是靠他来确定。我真的佩服他竟然能一心二用,虽然人在放大机下扳动按钮曝光胶卷,却对每一张放入显影液里的照片显影时间把握得精准无误。

他提醒我,第一张照片该放入定影液里了,我马上捏出第一张照片,他扭头看下,确认无误,满意地点点头。随着放入显影液里的照片越来越多,第二张、第三张……我的脑子在镊子的拨动中已经混乱,他却记得清清楚楚。

曝光是用心计算时间,显影是既要用心计算时间又要用眼观察时间,这两项工作我都帮不上忙,只能机械地听从指挥。所有照片都放入定影液以后,冯钟才拉把椅子坐下来休息一会,调节一下长时间站立的腰腿部位。

药水的味道充斥暗室,整间屋子没有一处透风的地方。木楼的窗户密封性并不好,但为了防止跑光,窗户关闭后又拉上了一层厚重的黑色布帘。长时间处在这种幽暗环境下,那盏包裹了两层红布的十五瓦灯泡显得比刚进来时亮了许多,不知是红光的作用还是视网膜适应了幽暗环境。

大约半个小时,定影完成。照片从定影液里捞出来,放进大半桶清水里。冯钟把剩余的相纸收好,放入暗箱,确保万无一失,才敢拉开厚厚的窗帘,推开窗户透透气。照片放进清水里,泡两个小时,冲洗三到五遍,然后再烘干、抛光。

木楼没有卫生间,在楼后西北角建有一处公共厕所。自建楼始初至木楼被扒,县长和工勤人员一样、检察长和书记员一样,需要方便时,都要从楼上下来,走到公共厕所去。木楼一楼楼梯口设有一处洗刷间,全楼的人洗洗刷刷都要到一楼。办公室脸盆的水也要到一楼去端,那是整座木楼最热闹也是最脏兮兮的地方。

我去一楼洗刷间冲洗照片,不住有人伸头看。有人禁不住问:"小杜,你也会洗照片吗?"我摇头。我知道有人想把私人照片的底版悄悄递给我,请求帮忙洗照片。

略微有些拱形的抛光机,金属板面一尘不染,光洁耀眼。冯钟教我把照片一字摆开,不叠压、不折角,慢慢盖上帆布面,扣好。之后,开动按钮,接通电源,手摸在帆布上感受着金属受热的温度,当听到金属面"砰"的一声后,辊子在上面反复碾压,碾压到照片的每一个部位。

这是烘干的过程,怎么才能抛光呢?冯钟教我推动辊子时说了一句话,只有碾压到位,抛光才能均衡。我开始回想照片放进烘干机的过程,突然想到每一张照片都是反向贴在金属板面上的,那光洁的金属板面起到的就是抛光效果,难怪他教我碾压帆布时,如此一丝不苟。

烘干、抛光后的照片,再在切边机上切去多余的边角,照片只算是基本完成，因为接下来还有一项对工艺和技术要求都非常高的程序——修补。冯钟修补照片时,那副手握刀片的专注神情,会让人不由自主地联想到头伸进玻璃柜中修理手表的师傅,顿感其经验之老到。

<h2 style="text-align:center">三</h2>

我跟冯科长学会了冲洗照片。——不错,现在该称他为冯科长了,院里已经设立检察技术科,冯钟任科长。

朋友交给我几张他本人的照片底版,恳请我帮忙放大几张。我犹豫一下,答应了。接回底片,我并没有马上冲洗放大,一连好几天,都以工作忙为由推托。直至发了工资,我去百货大楼买了一盒相纸,买了显影粉、定影粉,在一天下班之后,才完成了对朋友的承诺。

那些照片至今还存放在他家相片簿里。照片过于泛黄,他误认为那是岁月留下的印痕,其实,他不知道,那是相纸的原因。那天,我去百货大楼买相纸,恰好有一盒过期相纸,过期时间不长,收货员说可以打七折。七折,便宜价,我毫不犹豫地买了下来。

我那时的月工资是 23.5 元,除去买饭票的钱,所剩无几,必须学会精打细算。我利用从冯科长那里学来的技术,把一张黑色硬纸剪出若干个鹅蛋形、树叶形的造型,把底版照片逐个放大在一张相纸上,放大出一张那个年代十分时髦的艺术照。

那时冲洗、放大的照片,基本上都是刑场监督执行、公判大会和命案的现场勘验照片,特别有影响的大案,开庭时也拍照,但很少有会议、工作及开展各项活动的照片。不是不知道为工作留痕,是因为留痕是要花钱的,是要付出成本的。

现场勘验照片冲洗出来,要制作现场勘验图表。冯科长的现场勘验图表是用两张纸复合而成的纸板制作的,照片黏合在两张纸板之间,正面的纸板挖出一个与照片大小一致的洞,看不出照片粘贴的痕迹。图表的指向箭头用直尺画得笔直,标注字迹工整、娟秀,力透纸背,让人一目了然。我从冯科长那里学会的不仅仅是冲洗技术,还有他严谨认真的做事作风。可惜,这两项我都没有学好。

现今,市院的院史陈列室里,存放着一套完整的暗室装备。从那个年代过来的检察人不一定都进过暗室,后来的检察人想进也已没有了暗室,许多人都不知道那是一套什么家什。我不止一次地对人讲解,同时它也不止一次地勾起我对那段往事的回忆……

在经济检察科做内勤

上班第二年,院领导找我谈话,说经济检察科需要我,于是,我被调整到经济检察科工作。到经济检察科后,科长找我谈话,说内勤工作很重要,于是,我接任了内勤。

几乎所有部门的领导都说内勤工作重要,那么,既然重要,为什么都让年轻人做内勤呢?即使部门没有年轻人,也按年龄或资格倒排序,相对年轻或进来晚的人干内勤。重要岗位是要有阅历和经验的人才能胜任的,唯有内勤这个重要岗位不设置苛刻条件。浅显的答案是,内勤忙,事务多而繁杂,且吃苦。其实,内在原因并不那么简单:天道酬勤,是对内勤最好的安抚。

木楼二楼东头的大房间,既是经济检察科的办公室,又是全院周一例会集中学习的地方。我被调去后,办公桌放在正对屋门的位置,身后窗户外是一棵高大的梧桐树,这边风景独好。以前这个位置没有放置办公桌,周一例会,检察长自带椅子坐在这,大家面向检察长而坐,久而久之,这个位置就成了检察长开会时的座位。这次我被调来,实在没地方放置桌子,科长就安排我把办公桌放在那里。

调到经济检察科后的第一个周一例会,我主动把椅子搬到一边,空出那个位置。检察长进来,看那个位置虽然有桌子,却是空的,就继续坐在那里。相较于以前,现在检察长除面向全体干警,面前还有办公桌,手里的文件、报纸可以放在桌子上,更有坐主席台的范。第二次例会,检察长早早进来,一屁股就坐在我椅子上——后来我才知道,那天他来得匆忙,办公室钥匙忘带了。

会议之后,检察长迟迟没有离开座位。他神色凝重地对我说:"小杜,你过来。"我忐忑不安,怯怯地走向检察长。他说:"你是内勤,内勤就是领导的参谋和助手,你懂吗?"我点点头。因为我不知道检察长想说什么,只有洗耳恭听。

"有些事情,领导不一定方方面面都能考虑到,做内勤的要主动向领导提出来,你这点做得可不好啊!"检察长直截了当地批评我。

我一脸茫然,不知何故。

检察长说:"你帮我统计一下,看看院里还有多少人坐旧椅子,让办公室抓紧更换。"

我突然明白,检察长是出于一份关心才批评我。至于批评我的诱因,应该源于他猛地一下坐在我那把旧椅子上了,是旧椅子上的十字架竹竿提醒了他。当初招干时,我挑拣的这把只有十字竹架已没有了塑料篾子编制的椅面的旧椅子,经过两年磨损,四条腿摇摇晃晃,十字形竹竿裂开了缝隙。检察长一定是裤子被竹竿的缝隙夹住了,因为这种情况我经常遇到。

说起这把旧椅子,还有一段故事:招干后上班的那个周末,办公室冯主任安排我们三位新招干的年轻人周日上午待在院里,说是单位从苏州购买了一批新藤椅,让我们帮助搬卸。那时,周末休息是一天半时间,周六下午不上班,我匆忙赶回家,晚上吃母亲用大锅台做的晚饭,感受四邻婶子大娘嘘寒问暖的关爱。周日一早,母亲没有早起下地干活,煮了一锅她那代人操作起来非常熟练的红芋稀饭。早饭后,我骑自行车赶回单位。上班一个星期了,却没有椅子坐,心想,终于等到自己的椅子了。我们兴高采烈地等待拉藤椅的大卡车到来的那一刻,之后汗流浃背地把藤椅一把一把卸下来,扛到经济检察科那间大通屋里,摆放起来。

搬完椅子后,冯主任告诉我们:"你们三个人每人从旧椅子里找一把没断腿、椅面不露屁股的椅子坐吧,因为这批藤椅订购得早,没有你们的。"虽然没有坐上新藤椅,我们仍然高兴,从此可以有自己的座椅了,周一开会时,不用站着靠在门口或坐桌子边角了。

换掉的旧椅子也是藤椅,竹子架,用米黄色塑料篾子编织而成。我从刑检科挑选一把椅面只有两根竹竿交叉却已没有了篾子的旧椅子。虽然屁股只能坐在十字架上,但椅子框架结实,四条腿健全。这把椅子的原主人是一名老同志,他背墙而坐,桌子离墙面空间小,最主要是他没有崴椅子腿的坏习惯,只是偏胖的身体把椅子面塑料篾子坐开裂了,框架依旧硬朗。这把椅子陪伴我两年时间,直到换新椅子时,我对这把旧椅子还恋恋不舍。

旧椅子惹出了检察长裤子被竹架夹住的事,仍然坐着旧椅子的人,很快都有了自己的新椅子。更换椅子这件事,让我真正感悟到的不仅是领导的关怀,还有那句"内勤就是领导的参谋和助手"。一份因内勤而骄傲和自豪的心境油然而生,让我终于明白,这就是内勤工作的重要性所在。

科里共有八名同志,除了科长、我及一名老同志外,其余五人都是军转干部。军转干部保留着军人的风采,办事雷厉风行,身上永远有值得我学习的地方。我的到来,为经济检察科输入了新鲜血液——这份血液,像军队征程中偶遇的一名童子军,在拉扯中享受快乐,同时也助我在关爱与呵护下快速成长。

军转干部豪爽、耿直,他们不称呼我"大表哥",昵称我"大管家"——因为我已经不干统计了。我本来不是个手勤的人,但在他们"大管家"长"大管家"短的招呼下,科里的杂活我不得不主动承担起来。我成了烧水壶、小扫帚、铁簸箕的主人及装订机的专职操作人,还兼任着他们几个军转干部家庭的半个勤务员。

经济检察科案件多,下乡多,出差也多,有时上班来到办公室后,才突然接到下乡或出差任务。每遇到这种情况,他们就把家里的钥匙交给我,让我下班后帮助接孩子,也有模范丈夫上班路上顺便买了菜,提到办公室里来,我要赶在中午做饭前帮忙送到家,免得他们下乡或出差回来看妻子的白眼。

曾国藩说为官者当有五勤。既然大家视我为"大管家",我也算科里"问事的人",也应"以勤治事"。

刚接任内勤时,上一任内勤交给我一团线绳、一把锥子,我知道,这是装订卷宗的工具。虽然装订卷宗对每一位内勤来说都是一项要熟练掌握的工作,但我当时从心里还是很排斥的,看着那一堆女人纳鞋底用的东西,总觉得它们和查办案件的距离太远。直至那次我和原任内勤一起出差,在路上,我俩有了充分交流的机会,他给我上了一堂内勤课,对我启发很大,我开始对内勤工作有了新的认识。

他说,其实,称内勤是"管家"并不准确,准确的称谓应该是"专家"加"管家"。我不以为然,认为他太过拔高内勤地位了。可他神情严肃,不像是在开玩笑。他说,内勤并不是"跑龙套"的,不是抄抄画画、管管档案装装卷宗,内勤工作对一个内勤人员综合素质的要求是无止境的,同时也最能考验一个人的综合能力。因为,内勤是一个部门的核心和枢纽,一个部门工作成绩都体现在内勤笔下的总结报告里,这就要求内勤既要精通本部门业务,又要吃透领导的工作要求及决策意图,同时还要能够提出有深度、有质量的意见和建议,当好参谋和助手。

他深思一会,说,"管家"的意思是说内勤工作锻炼人的行政管理能力,内勤在管理本部门日常事务的过程中,锻炼出干练的办事风格。

在整个出差过程中,他和我交流许多有关内勤工作的经验。早几年,我在市院协助领导分管办公室工作,有次,我去砀山检察院检查档案管理,无意间看到一本20世纪80年代我装订的卷宗。卷宗皮上的字迹跳入眼帘那一刻,我心情非常激动,多么熟悉的字迹啊!卷宗皮上的字体及有角有棱的卷脊不禁勾起了我的怀旧之情。我打开卷宗,首先看到的是比卷宗小一圈的介绍信、送达回证、拘留、逮捕证等法律文书,被我工工整整地粘贴在卷宗纸上,直到现在看上去还没有一点粘贴的褶皱,整本卷宗没有一张纸不是等宽等长。

这时,我脑海里又浮现出跟着老科长办案"画书证"时挨批的一幕,是他,改变了我的工作态度。

我做了经济检察科内勤,首先是从"大表哥"到"小表哥"角色的转换。不当家不知柴米贵,做了科里内勤,才知道以前我因为报表的事对他们的责怪,让他们受了不少委屈。好记性不如烂笔头,科里每一起案件,内勤都要主动找承办人问进度,案件每进展一个环节,都要详细记录下来。前任内勤帮我设计一张案件登记表,我打印出来,订成一个本子,隔三岔五拿着本子站在案件承办人桌子前,修改案件进度,修改追赃数据,一个不经意间的疏忽,都可能造成统计数字上的失误。

内勤的一项重要工作是写各类材料,最典型的就是年终总结。为了写好材料,我养成了剪报的习惯,用废弃的法律文书做成三个厚厚的剪贴本。《安徽法制报》《拂晓报》《安徽日报》等总结性文章、有关经济检察工作的文章及有关检察院办理经济案件的案例,我统统剪贴下来,分门别类地粘贴在三个不同剪贴本里。书到用时方恨少。我从剪贴本里认真学习别人的写作技巧,把好句子、好词语摘抄在一个本子里,把年终总结框架结构概括出来,希望自己能像蜜蜂一样采百花,酿出自己的蜜。

尽管如此,第一年撰写科里年终总结,还是让人大跌眼镜。那一年,我们经济检察科办理一起村干部偷税案件。案件立案后,在侦查中发现这名村干部做生意偷税盈利的钱用来给村里修桥了。他为村里百姓做了好事,可他确实也犯了法,明知做生意要交税,却故意隐瞒不交。好在这名村干部认罪态度好,为了彰显办案法律效果和社会效果的统一,经院检察委员会研究,同意科里意见,对被告人做免予起诉处理。

按照年终总结的习惯写法,总结有三个标题,这也是整个年终总结中最重要的内容。科长要求拿出一个标题,专门写这起案件,既要写出村干部犯偷税罪,又要写出检察机关处理案件时所把握的法律尺度,还要突出案件的社会效果。初干内勤的我,脑子里没有这么宽广的思路,写好第一稿拿给科长看,科长看后,对其他部分都满意,就是对这起偷税案件的写法不认可,让我针对这部分内容重写。第二稿写好,科长仍然不满意,而且很生气,无奈,只好安排把这部分内容交由前任内勤来写。

这件事对我打击很大。老科长严厉的工作态度,高标准的工作要求,让我不得不面对现实认真反思,深感自己思路狭窄,知识浅薄,末学肤受。不过,这也是一件好事,它激励了我努力学习、不断进步,也让我明白作为一名内勤要不断开动脑筋,拓宽思路。

我的粗心大意造成工作失误的事也时有发生。举一个例子:周六下午,法定休息日,正值秋收大忙时节,我急忙骑自行车赶回老家,利用星期天帮父母干些农活。我走时,外出办案的同志还没回来,我把存放法律文书的两个柜子都锁上了,也把钥匙带走了。星期天早晨,科里的一名同志骑自行车找到我家,原来他们昨天查办的一起贪污案件,经研究决定立案侦查,法律文书锁在柜子里,没法办理相关手续。以前,柜子顶角放有一把备用钥匙,被我无意锁进柜子里了。他一大早就找到我家,一定是在天不亮就出发了。我很自责,立马随他一起回单位。

走进办公室,我像一个做错事的孩子,低着头,等待接受批评。没有等来任何一句指责的话语,相反,在大家温和的笑容中,我看到桌子上已为我们备好了早餐。"快,趁热吃!"老李把油煎包和热粥分别端到我俩面前,还没吃,我心里已经热乎乎的了。

那年,我被单位评为先进工作者。检察长给我颁发奖状时,微笑着说:"小杜,有机会给大家介绍一下你做内勤工作的经验。"我很内疚,深感自己受之有愧。

电台自播

1986年五四青年节来临之际，县广播电台举办"弘扬五四精神，奏响青春号角"的自播活动。这一消息，我是在县委食堂吃饭时听到的。

食堂后院安装了一台高音喇叭，喇叭绑在一根高高的木棒上，大喇叭口正对着食堂后面一间低矮的小平房。听到大喇叭播放征稿启事时，我们几个年轻人正和县广播电台播音员一桌吃饭。我向他询问，征稿自播是什么形式。他说，自己写稿，自己播音，在电台播放。我们听后一片唏嘘声，每人都倒吸一口冷气——那是自我否定，每个人都认为自己没有这个水平。

播音员问："你们几个有谁愿意参加吗？"

一桌人皆摇头。有人说，让我们动笔写篇稿子还差不多，去电台播音，谁敢去啊！没想到后来我真的去了。

播音员开玩笑说："自播有利于体现自我真实感情，不要求有多高的播音水平。如果你们的播音水平超过了我，想去我也不让去，你们去了，我到哪混饭吃去？"

播音员的话，引来一阵笑声。笑过之后，就这样过去了，之后几天没再和播音员一桌吃饭，也没人再提起此事。我不知道他们几个人有没有把这事记在心上，反正我没有。不过，没记心上的事，有时也会轮到自己身上。这天下午刚上班,办公室的人通知,让我到检察长办公室去一趟。检察长对我说:"我上午去县委办事,见到电台台长,台长给我一份征稿通知,说是听播音员说我们单位你很适合参加这项活动。"检察长说着,就将通知递给了我。我一看,这不正是那天在食堂吃饭时议论的自播征稿通知吗?我连忙推辞说:"我不行,我哪会播音呢?"

检察长的神情严肃起来,他说:"年轻人嘛,就要敢于尝试。你不但要参加,还要参加出水平来,为我们检察院增光。"我领到的是一份军令状,没有讨价还价的余地。我心里开始埋怨起播音员来,那天吃饭时,我明明也和其他几个人一样唏嘘了、摇头了,怎么还会给台长推荐我呢?我像一只被赶着上架的鸭子,甚至都没有像鸭子那样还能无奈地嘎嘎叫唤几声,就被逼着往架子上爬。

晚饭后,我回到办公室,开始构思怎样写稿件,翻来覆去就是没有灵感。现在想想,我一定是被自播给吓住了,脑子里想的不是怎样写,而是怎样播。像被赶着上架的鸭子,不是它不会走路才瘫的,而是看到要让它爬架子才乱了方寸。我在办公室空坐两个小时,竟然没有写出一个字来。就在我起身准备离开时,刑检科王科长走过来。他在加班看卷,正要回家,看见我还在加班,就走进来了。

"在加班写材料吗?"王科长问我。

我说不是,便把检察长交给我的任务跟他说了。他听后对我说:"这是好事,你怕什么?拿出你的看家本事来,既要写好,也要播好。"

我说:"我哪有什么看家本事?"

他说:"你招干前不是当过一段时间的语文代课教师吗?当教师的教学生还能不会读课文吗?"

我很惊奇,没想到老同志对我的经历这么了解,连我当过语文代课教师的事都知道。那是我第二次参加高考落榜后,已没有了再复习迎考的信心,正好大队小学缺少一位语文教师,村干部就向大队部推荐我。我在小学里教了一学期五年级语文,由于心有不甘,在年后学校填补一名教师的情况下,就辞去代课教师,返回母校复习。

我无奈地摇头,自我检讨说:"说起来惭愧,我当过语文教师,却不会讲普通话。"

王科长并没有因此安慰我什么,同样摇头,显得很无奈。他说:"说实话,我们检察院刑检科这些人,严格说起来,没一个完全称职的公诉人。在法庭上出庭公诉时,满嘴方言,哪像代表国家出庭公诉的样子?听说你当过语文教师,我本想向领导提出来,把你要到刑检科去。你们年轻人确实需要学讲普通话,做一名会讲普通话的公诉人,关键时也能拿出去。"

检察长的期望、王科长的期待,让我内心愧疚不已。王科长已经50多岁了,是一名老检察人,他不是把眼光放在当下,而是着眼检察未来,这是一名老检察多么朴实而又真挚的检察情结啊!

一个晚上,我脑子里都在考虑如何写好这篇征文,梳理进院以来的感受。第二天,在王科长精神的感召下,我一气呵成,写出了一篇抒情散文——《检察事业,注入我深沉的爱》。中午到食堂吃饭,那名播音员打好饭菜后,主动往我们饭桌蹭。我故意说:"坐不下了,你换个地方吧。"他说:"坐不下,我就和你挤一起。"本来坐两个人的长凳,硬是挤了三个人。我故意不说参加自播的事,与他东扯葫芦西扯瓢。他撑不住了,主动问我:"稿子准备得怎么样了?"

我说:"还没准备好。你可真会挑人,挑了我'老土'一个。"

他笑:"就挑你'老土'合适。挑你,才能对比出我的播音水平。其实,在我给台里提议开展这一活动时,我脑子里就有你了。"看来,他是早有准备的,我躲也躲不掉。同桌吃饭的几个人开始七嘴八舌地抬举我。这个说:"你会写东西,我看你行。"那个说:"可以,去试试。"播音员当场拍板:"就这样定了,今天准备好稿件,明天中午饭后试播,我下午就给台长汇报。"

我反复修改稿件,感觉读起来还算朗朗上口。第二天午饭时,我把稿件拿给播音员看,他很满意,说下午上班后就让领导审查稿件。下午上班没多长时间,我就接到县广播电台的电话,说我的稿子已被领导批准,让我马上去电台录音试播。

可能是因为激动,也可能是因为紧张,我低头看看自己穿的是便装,也不整洁,便在电话里问:"要不要换检察服?"打电话的女子在电话里哈哈大笑,她说:"你想上电视哦?上电视可要去北京啊!"她的调侃,弄得我很不好意思。广播电台离单位很近,只几分钟路程。播音员在大门口等我,老远给我打招呼,带我走进播音室。

播音室四面墙壁镶嵌着白色隔音板,隔音板上布满一个个小圆孔。我看着有点儿眼花缭乱,感觉墙壁像大街上小女孩白底碎花的裙摆一样摇摇晃晃,紧张得额头渗出一颗颗汗珠。

我一直弄不明白,自己为什么会突然紧张。此刻,我面对录音筒,面对一个陌生环境,突然紧张起来。我想把播音播得有模有样,像爬上山峰看日出,总想向前一步再向前一步,找到最佳立足点、最好角度。人都有追求美好的心理,对生命总是充满敬畏与期待,想捕捉到最辉煌的一瞬,让自己刹那间融入至善至美的境界。

我的神情及额头的汗水毫无保留地向播音员表明了我此时的紧张心理。播音员提醒我说:"没有人能看得见你,你就权当是在自己房间朗读就行了。"他把这篇稿件还给我,给我指出几处做了略微改动的地方,并说明了改动理由。之后,他啪啪嗒嗒一阵忙乎,调好设备,自己对着话筒"喂喂"几声,感觉音量适中,就对我说:"开始吧。"

"啪嗒"一声,录音开关扳下,我紧张的心一下提到嗓子眼。播音员伸出一只手,轻拍我的后背,既是在鼓励我,也是在催促我。我终于鼓起勇气,大声朗诵起来。我当过语文代课教师,语句的抑扬顿挫把握得还行,但声调提得太高。在播音员的指导下,我又练习了几遍,最后一次,终于一气儿读完了稿件。

播音员戴上耳机试听一遍,然后摘下耳机说:"还行!"

"还行"是什么?我明白,"还行"就是还能将就。能"将就"就行,不能再试播了,再试播就会走向我高考的老路——连举不第,甚至可能一次比一次差。

  我与播音员是饭友,他没让我完成任务马上回去。他征求我的意见,问我是否想听一遍。我当然愿意,于是,他让我在播音室外稍事休息。播音员配好主持词,剪辑好,让我戴耳机听一遍。听完后,他问我怎样,我说:"挺好,人物画面感清晰,层次分明。"播音员没完全悟出我话里的意思,我进一步给他解释,"画面感清晰是说听的人一下就能听出是两个人的声音,层次分明是说两个人播音水平存在明显差距。"

  播音员被我略带幽默的夸奖撩拨得很愉快,他说:"第一次能播到这样,已经不错了。"其实,他并不了解我此刻的真实心情,我更在意的还是文稿内容——文字能不能表达出我对检察事业的那份真诚的爱,能不能让老百姓感受到检察事业为人民的那份情结。我甚至担心,能不能从另一个角度,诠释王科长那一代老检察人对检察事业未来的一份期待。

  当时广播在县里是新闻传播的主要途径,不仅农村各个村庄都安装广播大喇叭,城里各个路口、街道也挂着高音大喇叭。我担心我的声音通过电流传输后变得太难听,以至于闹出笑话。自播后两天时间里,我时时注意聆听着大喇叭里的广播声。

  那天早上,没见播音员来食堂吃饭,他的声音却突然在食堂后面的大喇叭里出现。其实,每天吃饭时在大喇叭里都能听到他的声音,只是大家习惯了,不十分在意了。唯有这次我听到他声音时,心里猛地一惊,预感到该是播放我自播的时候了。果然如此,他以专业播音员特有的玉石之声做过介绍后,我的声音出现了:粗犷而略带沙哑,名副其实的自播,每个人都能听出来。

  像青春萌动的少年,我顿时感觉满食堂趴在桌子上吃饭的人都是自己中意的对象——想看,却不敢抬头;不抬头,又心有不甘。我借各种理由,抬头瞟向一个个熟悉的面孔,奇怪的是,在我怀着激动的心情环顾四周时,包括同桌吃饭的人,大家神情依旧。似乎没人留意高音喇叭里正在播放的是我的声音,此情此景既放松了我的心情,又让我隐隐感受到一丝失落。

我的自播结束后,坐我对面吃饭的县志办公室王主任抬头问我:"小杜,刚才是你播音的稿子?文章的感情色彩很浓啊!"我点点头,承认是我的播音,同时也感谢了王主任的夸奖。他若有所思地说:"检察机关是该好好宣传宣传了,恢复重建几年了,现在社会上还有好多人不知道检察机关是干什么的。"王主任的话,又让我想起了那个拉着老伴来检察院看病的老大爷。

就在我刚吃完饭的时候,食堂管理员走过来对我说:"你过来一下,书记要见你。""哪个书记?是县委书记吗?"我一下子惊住了。县委书记是听了我的自播才提出要见我的吗?他一定是听说自播的那个人正在食堂吃饭。我再怎么敢想,也想不到会出现这种情况。我随管理员从食堂后门走出,拐弯走进那个正对着高音大喇叭的小平房。

小平房是借助食堂一面墙搭建的,类似于乡村小饭馆边搭建的杂物室。斜顶平房里很干净,只有一张小方桌、几只小板凳,斜顶的檩条上挂着一只25瓦的灯泡,灯泡下坐着一位50来岁中等身材的人。我知道,这就是我们的县委书记。

书记已经吃好早餐,碗筷还没有清理。我早就知道这是县委书记吃饭的地方,但从未踏进过半步。那一刻,平房中的情景留给我最深的印象就是,书记吃的早餐竟然和我们吃的完全一样。一个小盘里的卤豆腐吃完了,卤豆腐的汁水清晰可见;一小盘黑咸菜,留下几根咸菜丝的残渣。看不到剩馒头,喝稀饭用的碗筷整齐地放在两个小盘中间。

现实一下改变了我以往的错误判断。我原以为让县委书记在这间小平房里吃饭,是为了给他"开小灶",补充营养,原来县委书记和我们吃一样的饭菜。小平房,只是为他安排了一个相对安静的环境而已。书记示意我坐下,我没有坐,毕恭毕敬地站在书记对面。书记问我:"刚才广播里的文章是你写的?"

我回答:"是。"

"写得不错,播得也不错!"书记微笑着对我说。

稍停,书记突然话锋一转,问我:"听你在播音中说,你是高考招干的农村学生,能告诉我是怎么招干的吗?"

我一五一十地把全省检察机关如何从低于高考录取分数线的考生中招录检察干部的情况向书记汇报了一遍。书记听后高兴地说:"好,这个办法好,不拘一格降人才,及时解决了检察机关恢复重建后人员断档的问题。好好干,为咱农民兄弟们争口气!"

从小平房里出来,我的心情久久不能平静。第一次和全县最大的领导面对面倾心交谈,这是我做梦也没有想到的。同时,我也为自己的狭隘和偏见而后悔,每次吃饭抄近路走食堂后门时,看到斜顶小平房,我都在想:这是县委书记吃"小灶"的地方。今天我眼见为实,原来县委书记也是普通干部中的一员啊。

我一下明白为什么高音喇叭正对着斜顶平房而立了,县委书记是借吃饭之机,聆听国家大事,关注全县大小新闻。

为"辍笔"找个理由

一

一般来说,"辍笔"一词是对作家、书画家而言,我在这里套用,非抬高自己,实属自我批判。

我从小喜欢写写画画,不敢冒充文学青年,充其量是一名文学爱好者。1987年,那篇散文《黄鹂我的诗》在《安徽青年报》上发表,我有点沾沾自喜,私下里把那篇散文看作是自己的处女作。现在想想,我把它视为处女作也不为错。虽然是千字小文,可那是工人师傅一个字钉一个字钉排版排出来,黑字油印在白纸上的啊。那时没电脑,没电子文档,稿子是手写,印刷是手工排版。因此,这篇小散文,工人师傅付出了劳动,比现在排版万字作品还辛苦,怎么能不算处女作呢?

到检察院上班之初,我就养成了写"豆腐块"的习惯,写的是小报道、小新闻之类。依仗做打字员的优势,近水楼台先得月,从法律文书里提前了解案情,对有写作价值的案件提早关注、等待判决结果,以至于能够在《安徽法制报》《拂晓报》发表不少小通讯之类的文章。

至今还记得发表的第一篇通讯文章,是写一起贪污案。那应该是经济检察科设立后办理的第一起比较有影响力的案件,每次打印法律文书时,我都把案情中需要了解的细节记下来,等到侦查工作接近尾声,再找承办人了解详细情况。被告人的作案手段在法律文书中轻易能找到答案,可犯罪心理以及作案得逞后的挥霍心态,我是在开庭那天旁听庭审时才切身感受到的。那天我坐在旁听席上,脑子里开始酝酿这一案件判决后如何写篇文章。

我想写出一篇比较有深度的文章,于是,从"慕虚荣""起歹意""后悔晚"三个节点着力挖掘被告人的心理,写作视角选择比较新颖。文章写好后,我拿给经济检察科的承办人及科长过目,得到认可后,我把稿子寄给了拂晓报社,《拂晓报》很快就把这篇《伸手必被捉》的报道给刊发了。

这是我第一次看到自己的名字变成铅字印在报纸上,甭提心里有多高兴了,去食堂吃饭过马路时,感觉满大街的人都认识我一样。接下来,我又陆续在报纸上发表了《桌上碰杯交友,桌下盗窃千元》及《"拧天转"服法记》等数篇通讯及新闻报道,很有成就感。

二

如果说后来的一篇文章是直接导致我"辍笔"的理由,那么,在此之前,我就有过一次类似的经历,却没有因为这个经历而放弃,而是继续坚持写作。公正评判自己,至少说,我那时对宣传法律的态度还是值得称道的。

一次同学喊吃饭,是在那篇《桌上碰杯交友,桌下盗窃千元》的通讯发表之后。饭桌上有个我不认识的人,却恰巧是这名盗窃犯的直系亲属。饭桌上有同学说在报纸上经常看到我发表的文章,另一名同学接着就说起这篇刚发表没几天的文章。说这话的同学,平时不喜欢看报纸,偶然机会,这篇文章被他看到了,出于新奇,他把文章中记述的盗窃手段也记得清清楚楚。他大肆渲染,带着很浓的感情色彩,说盗窃犯如此不够朋友等等。盗窃犯的直系亲属也是年轻人,刚毕业走上工作岗位,年轻人气盛,几杯酒下肚就控制不住自己。他先是对我那位同学出言不逊,之后便辱骂我为了赚稿费什么关系都不顾忌。场面很尴尬,若不是几位同学及时劝住,一场大打出手的

"战争"瞬间就要发生。

这事对我写文章没造成什么影响,我仍然坚持写。我认为我没有错,做错事的是盗窃犯及盗窃犯的亲属。看着一篇篇文章被发表,我很高兴,已不满足于一般性就事论事,开始写些带有学术观点性的文章。

那时《刑法》还没有把将他人遗忘物非法占为己有,数额较大,拒不交还的行为定为侵占罪,各地对此类案件的审判结果也存在很大差异。恰在这时,有两个做生意的外地人到经济检察科报案,反映其在某购销公司洽谈业务时,装有两万元现金的手包遗忘在该公司办公室,被谈业务的两人藏了起来。举报材料交由领导审查后,认为该线索属刑事盗窃犯罪,应由公安机关办理,遂将线索移交公安。

虽然举报线索移交了,但这件事我记在了心里。因为线索移交后,科里的几位同志对此问题展开了讨论,有人认为构成盗窃罪,有人认为不符合构成盗窃罪的客观要件,只能作民事侵权处理。我在一边听着他们的讨论,脑子里也在认真思考这个问题,感觉他们说得都有道理。那时能够查阅的法律书籍很少,之后一段时间,我从刑检科借来一些资料,带着问题学,不懂就问。我向刑检科的同志请教这一问题,被王科长听到了,他说:"科里有一起案件,和你说的情况一模一样。"他说出被告人的名字,我以此确定就是那起案件。王科长说:"这是一起情况比较特殊的案件,最近几天我们科里要抽时间讨论这起案件,如果你有兴趣,过来听听。"

我求之不得,但又不敢造次,喏喏地问一句:"合适吗?"王科长说:"可以,到时来听吧。"刑检科多年形成的惯例,集体讨论案件都放在晚上,白天或提审或出庭,人员很难凑齐。这起案件案情并不复杂,承办人汇报后,所有人员都听明白了,当时并没人在案件情节上提出质疑。在案件定性问题上,承办人观点明确,认为被告人构成盗窃罪,同时,对认定盗窃罪中关于有没有采取秘密窃取手段等相关问题,作了进一步说明:一是秘密窃取是针对财物所有人而言,这起案件案发时被告人确认财物所有人已不在现场,故而被告人事实上已等同于采取秘密窃取手段;二是两名被告人在发现财物所有人的手包遗忘在座位上后,采取秘密手段把手包转移到了另外的地方;三是财物所有人是有意识地把手包放在座位上,一时疏忽才忘记拿走,并没有失去对手包的实际控制,若不是被告人转移手包,手包所有人返回后,就应该能够找回手包。

案件承办人汇报完毕,有人首先提出质疑:卷宗材料里,有没有证据能够证明两名被告人明知手包所有人归属或关于不知手包所有人归属的供述和辩解?

承办人从卷宗里找到这一证据,并念给大家听。这一提问,立马引起大家关于手包是遗忘物还是遗失物的讨论。问题又回到承办人的第三个说明上来:一般来说,遗忘物是指所有人没有失去控制,而遗失物则是指所有人对财物已经失去控制,捡拾者不知道也难以找到物主。这一问题提得很尖锐,最起码给承办人出庭提了个醒——开庭时要注意区分是遗忘物还是遗失物,如果被告人及其律师往遗失物上辩解该如何应对。大家七嘴八舌,帮助承办人罗列了诸如"手包所有人走后不久又返回公司寻找""手包所有人报案时明确说明手包所放位置"之类,借以证明手包所有人对手包是并非出于本意的遗弃,而是一时疏忽的遗忘。

我真的佩服这一屋子老刑检科的同志,凭借办案中积累的实践经验,讨论出如此深奥而理性的法律话题。讨论结束,科长问我:"小杜,你还有什么疑问吗?"

实话实说,在大家热烈讨论的过程中,我有点犹抱琵琶半遮面,一定被老科长看穿了。我说:"我想问一下,假如两位客商返回公司找手包,两名被告人把藏起来的手包交还给主人,他们还能构成犯罪吗?"马上有人说:"如果那样的话,哪还有这起案件存在?"大家几乎都是在笑着说:"如果那样的话,啥事也没有了。"大家忙着整理东西准备回家,似乎没人在意我这句话。我心想:假如小偷把偷走的东西归还了,也能啥事都没有了吗?

虽然没人在意,这个疑问却一直留在我心里,这也是使我对这起案件更感兴趣的原因。直至1997年,《刑法》把侵占罪修改定位为自诉案件,解答了我的这一疑问。侵占罪是发生在公民之间的性质较为轻微的犯罪,作为自诉案件处理,如果归还了,另一方也就不会告了。这一规定,有利于当事人之间自行和解,也有利于维护人民群众之间的安定团结。

三

1979年,《刑法》未规定侵占罪,只规定了盗窃罪。对于现实中发生的侵吞遗忘物的行为,按照类推制度,比照盗窃罪定罪处罚,这是符合当时法律原则的。

"法有限,而情无穷。"《刑法》作为成文法,理所当然具有抽象性和相对于社会发展的滞后性,因此不能够针对每一个行为做出具体规定,从而出现对于法律没有规定的行为,援引与其性质相类似的刑法条文而适用的法律类推。

侵占罪是1997年修订《刑法》增加规定的一个新罪名。说是新罪名,其实在《大清新刑律》里就有独立法定刑,之后中华民国政府刑律中也有侵占罪的规定。《大清新刑律》之前,在我国封建社会法律中,就有类推制度,相当于侵占情形的犯罪,一般也包括在盗窃罪之中。具有侵占罪状及其特征的行为视为盗窃加以治罪的立法,最早出现在战国时期。

1979年《刑法》由于立法经验不足,根据实际情况,刑法规定了类推,1997年《刑法》废止类推而以罪刑法定原则加以替代。每个国家都在发展,这种发展,如同陀螺运动,不停地旋转,一圈又一圈。这让我想起"路不拾遗",自从战国时期法家学派的代表人物韩非子倡导"国无盗贼,道不拾遗"以来,汉代贾谊,唐代郑綮,明代罗贯中、施耐庵、许仲琳等都提出过"路不拾遗",当然,也都是在侵占罪独立立法之前。

唐朝时,有个做买卖的人,路途中不小心把自己的一件心爱的衣服弄丢了,他发觉后心中十分着急。这时,有人劝他说:"不要紧,我们这儿路不拾遗,你回去找找,一定能够找得到。"做买卖的人转身回去,果真找到了丢失的衣服。故事中有这样一句话,是说做买卖的人走了很远的路才发现自己的衣服丢了。这不要紧,路过的人遇见丢失的衣服,他们只知道丢失衣服的人还会找回来,所以没捡拾,他们没有考虑衣服的主人是否对衣服丧失控制。也许撰写故事的人,是想借以说明衣服已是遗失物而不是遗忘物。遗失物尚能如此,遗忘物更应如此。

我开始留意这起案件的进展情况,并向承办人请求,什么时候法院开庭审理此案,告诉我一声,我去旁听。我的愿望得以实现。开庭那天,我坐在庭下认真听取公诉人发表公诉词,详细记录辩护人的辩护意见。果然如科里讨论案件时预想的一样,律师从遗失物的角度为被告人辩护。

庭审结束,我开始构思文章的写作提纲。法院一审对两名被告人以盗窃罪做出有罪判决,由于我对这起案件的案情熟悉,对文章的写作早有构思谋划,判决书送来,我的文章也就写得差不多了。我以《拾来的盗窃罪》为题,写了一篇集通讯与案例分析于一体的报道,投到《安徽法制报》,很快就发表了。

当我还沉浸在文章发表的喜悦中时,被告人的家人及律师找到单位,他们以法院一审判决尚不为终审判决为由,要求我在报纸上发表一份声明。当时我还年轻,很无助,没有社会经验,不知道该如何面对这一突发情况。虽然领导一再安慰我,我仍然很纠结,很苦闷,也为自己还没有把握好案件节点就急于投稿而后悔。好在那篇文章我是以此为例提出一个法律认识上的分歧问题,文章中也明确说明是法院一审判决。在领导的支持和协调下,我没有在报纸上发表声明。虽然事情后来平息了,但因我自己的失误所造成的后果让我写作的热情一落千丈。

我沉默了,此后没再动笔写东西。当时我是为自己还不具备认识和处理社会问题的经验和能力而深感内疚。我心里承受能力差,在挫折面前低头,没有很好地把握"给挫折一个微笑,给自己一个机会"的道理。

剖析灵魂深处,说工作忙,没时间,其实那是推诿。写文章就是发表自己的意见,阐述自己的思想,想写,时间总是能挤出来的。随着案件越办越多,自己的思想也变复杂了,常常怀疑自己的意见,怕自己的意见有偏颇,向案件背后深层次的地方想得多,反而没有直击案件要害的勇气。浅的东西不想写,深的东西不敢写,遗忘的笔就真的变成遗失的笔,自己找不到那支笔,笔也找不到自己的主人。

丢掉的东西感觉还有用,再捡回来就是新的。几年前,我重新找回那支遗失的笔,复耕文苑。早段时间,我整理以前的剪贴本,再次看到《拾来的盗窃罪》那篇文章,顿时浮想联翩。"法者,治之端也。"弘扬社会主义法治精神,宣传法律,是一名检察干警应尽的职责,可我却在一次小小的挫折面前做了逃兵。

乡镇挂职

1991年,我被组织选派到乡镇挂职,担任分管乡镇企业的镇长助理职务。

早段时间,看到一篇20世纪90年代乡镇企业局长写的文章《享受今日之繁华　勿忘昨日之艰辛》,文章以亲历乡镇企业发展为切入点,用"红红火火"四个字来形容乡镇企业的现状。我看后,深有同感。

一个时代的文章,就是一个时代的缩影。那时,乡镇工作很忙,三提五统、计划生育及乡镇企业,是三大攻坚战,每一仗都要打好,每一仗都要硬碰硬。前两年还好,我只负责乡镇企业工作,其他事不管。两年后,我被提名选举为副镇长,开始包管片区。所谓"片区",是撤区并乡之前的区下属小乡,原是一级政府,合并后为便于管理,实现逐步过渡,便将其称为片区。负责包管片区后,所有事都要过问,所有工作都要亲自抓。那一段经历,是我人生的一段特殊历程,这期间,有酸甜苦辣,也有悲欢离合。

如今,每当我怀着一颗宁静的心,抿一口清茶,细细品味那些年的光阴时,走过的那些路,结识的那些人……无论是酸是甜,是苦是辣,都是我人生中的一部分,不管身在哪里,官居何位,记忆始终与我相伴。

既然是在木楼十六年这段时光里走过的一段风雨路程——也有风和

日丽的日子——我便提笔记录下几段难忘的故事。

落雪融情

　　那是我挂职报到后的第一个星期天,虽然已接到通知周末在企业办开会,但因为家里有事,周五下午,我还是准备骑着那辆旧自行车回县城。

　　天色已晚,加上不熟悉道路状况,我只好花三块钱坐"嘭嘭嘭"三轮车回家。跑县城的三轮车就停靠在距企业办不远处,已经是最后一辆了,好像是在有意等我。车厢里剩下一个空位,车主麻利地把我的自行车高高举起,等我钻进车厢,自行车已被挂在车棚横梁上。改装的机动三轮车,是那个年代从乡镇到县城唯一的交通工具。我不得不佩服运输人的聪明才智及无限思维,他们竟然能把一辆机动三轮车改装得如此功能齐全。后车厢用角铁牢牢地焊出一个稳固的包厢,外面包上铁皮,后门外悬空伸出一个铁支架,用来挂自行车。除此之外,上面也有支架,挂不了的自行车还能放在车厢棚上。

　　我以为人们是依据发动机摇动时发出的声响戏称三轮车为"嘭嘭嘭"的,那天坐在车厢里,俯下身子深入实践得出的结论,证明我的认识太不切实际、太浮于表面了,人们的这一称谓,原来是来源于语音相近而意义不同的另一个词。

　　我最后一个上车,车帮上已经坐满人,我只能坐在车厢中间的小方凳上。三轮车尚未开动,小方凳四平八稳,我挤在车厢里,犹如年少时在寒冬夜晚挤在生产队牛屋里听故事的场景,闻到的是不随岁月变换而更改的大蒜、臭豆酱及烟草的味道。三轮车开启之后,小方凳不老实了,它随三轮车的抖动而抖动,随车厢的颠簸而颠簸。我的屁股一次次被颠得厉害,于是,我得出结论:这种车既叫"嘭嘭嘭",又叫"蹦蹦蹦"。

　　人啊,无论职位高低,不钻尖仰高、阐幽明微,仅是浅尝辄止、浮光掠影,对一件事物永远做不出正确的评价!我一路在"霹雳舞"与"醉拳"的交融互动中到达县城北关,下了车,甩腿晃腰,活动关节。我提醒自己,必须适应环境,因为这种情景,在未来几年里不知还要经历多少次。

三轮车不进城,停在北关一个村口。下车的人群中,突然有人说一句:"这满天低云,又这么阴冷,说不准明天会有一场大雪。"我曾听人说"上天同云,雨雪纷纷",意思是说,冬季里如果有满天一色的阴云,再加上"抽屉风",就一定会下雪。不稳定的寒气一股一股地向身上袭来,掀起衣襟,像夜风啪嗒啪嗒拍打窗棂纸一样紧一阵慢一阵,我知道这就是民间所说的"抽屉风"。我预感明后天可能是大雪天。

周日那天,一觉醒来,窗外格外亮白。我揉揉惺忪的双眼,发现前天的猜想一夜间变成了现实,真的是下了一场大雪。雪不是一般大,隔窗窥见邻居家平房屋顶的那一圈护栏式花墙内堆积的雪竟然与墙口齐平了。至于院落与道路上的积雪到底有多深,需要穿衣出门才能知道。

我轻手轻脚地穿好衣服,轻轻拉开屋门。门外积雪竟然平平整整地矗立而不坍塌,门口这堵一尘不染甚至可以用"洁白无瑕"来形容的雪壁,让我不忍心破坏它。雪停了,兴许是停在黎明时分,也可能就停在我睁开双眼的时段。俗话说:瑞雪兆丰年。看来这场大雪,绝非为挽留我不去赴会。

我昨晚已给家人讲过,今早要去镇里开会。我咬牙踏破门口的雪壁,扛着自行车出门,准备再坐"蹦蹦蹦"三轮车去镇里。厚厚的棉衣包裹着我,以至于我有些迷糊了,竟然没想到天寒雪厚的天气里,"蹦蹦蹦"三轮车根本不能跑运输。城区的路面都没"路眼",少有人踏出印痕,更何况公路呢?将近二十公里的路程,我能扛着自行车在这没膝的深雪中蹚过去吗?必须这么干!我已下定决心。我本想把自行车丢弃在北关村口,但想到双手推着自行车,有支撑力,也便于保持身体平衡,便决定让它陪我一起走。

没走多远,积雪便在自行车链条中凝固起来,推不动了。我找到一根小木棒,别在自行车后架上,推不动时,就用木棒捣掉积雪。我推推,走走,捣捣,间或也立地歇息。遥看一望无际的银白世界,试想这包罗万象的世界若是长时间被无瑕所覆盖,远不如在支离破碎的赤橙黄绿青蓝紫中寻找瑕疵来得更真实可靠。

一路上，我没碰到一辆三轮车，跑运输的大卡车也没碰到一辆。独行的或像我一样推着自行车行走的人很少，偶你遇到，我知道他们一定和我一样，有急事需要去做。幸亏我早晨在家吃了饭，不然，根本没有力气蹚雪走到乡镇。我是六点钟从家出门的，与自行车同行，走五个小时，到达乡镇，11点了，错过了开会时间，迟到两个小时！

我推开企业办院门，发现有一扇门半遮半掩，屋里的人听到脚步声与自行车轮碾压积雪咯吱作响的混合声，便从门缝探出头来。会计见我半截裤腿犹如雪染，赶忙趿拉着鞋跑出来，帮我推车，拉我进屋。他很惊讶："杜镇长，恁大的雪，你怎么来了？"

我问他："这么大的雪，你怎么来得比我还早？"

他说："我家远，离这有十几里路，昨晚我就来了。"

我不再言语。不用问也知道，除他之外，其他人都没来。我能理解，这么大的雪，其他人不来也是正常的。我是由于经验不足，误判了这场大雪造成行路的艰难程度，可会计却没有这么想，他铁青着脸，同样也不言语。一阵沉默之后，他从床上拽出一把铺垫秸草，点燃了，让我烤烤火。然后，他躬身又从床下扒出一双高勒胶鞋，长叹一口气，对我说："杜镇长，你在我屋里歇歇，不嫌脏的话，就躺被窝里暖和暖和，我出去一下就来。"

我估计会计是出去喊企业办的其他几个人，他们都住在离镇政府不远的村庄，他要是去喊他们就去喊吧。

过了一个多小时，会计回来了。他告诉我，他已一家一家跑着通知了，他们几个马上就来。虽然他们没能像我一样一早蹚雪赶来开会，但他们的行动能够说明一切，足以让我感动。也许，会计踏雪走进一扇扇家门的时候，他们还躺在热乎乎的被窝里。此时，他们能猛地一把掀开棉被，任由一股凉风嗖地钻入被窝，匆忙穿上衣服就往镇里跑，这就是让我感动的缘由。

会议的内容并不多，无非就是几家乡镇企业年底管理费收缴问题和几个新建罐头厂立项申报营业证的事。这都是正常的工作，可他们却提出要在周末开会。到了中午饭点的时候，我终于明白，他们是借机给我"接风"。

在乡镇工作的人,直肠子,直脾气,你敬我一尺,我敬你一丈。在那个被大雪封门的小饭馆里——也是我到乡镇工作的第七天,我毫不保留地亮出了酒量"底牌",向每一位同事敬了酒,炸了"蠹子",奇怪的是,那天我们都没喝醉。

若干年后的一天,我偶遇一位当年同在乡镇工作的老同志。闲聊中,他对我说:"你真行,那么多年,能让企业办几个人心服口服的人不多。"我相信他不是恭维我,说的是实话。其实,人心与人心,就像那场雪,虽然覆盖得很厚,但只要遇到阳光就会融化,化作细流而润泽万物。

诚信是一种力量,是一种无声而绵长、坚韧而持久的力量。

追款故事

像今天网络发达的时代,网络世界里会滋生网络诈骗犯罪一样,在那个大力发展乡镇企业的年代,一些不法之徒利用乡镇企业经营管理不规范、盈利心切的心理,违背诚信,恶意骗取货款的案件屡屡出现。

该过年了,这注定是一个"几家欢乐几家愁"的时刻。"几家夫妇同罗帐,几个飘零在外头?"镇企业贸易公司的老侯过年没回家,独自一人在两千多公里之外的东北边陲小兴安岭北麓的一个城市,度过一个"飘零"之年。年前,他考察大豆市场行情,认为有利可图,就带公司二十万汇兑与业务员一起去东北购买大豆。这些钱,是预备为新建果品厂购买设备的钱,他想"鸡生蛋",然后再"蛋生鸡",利用这二十万在年关之前做一笔大豆生意,别让钱闲着,多赚点。他对市场行情的考察很准确,但对商户缺乏足够了解,仅凭老经验、老眼光看人,缺乏现代生意场上的自我保护意识。

也无怨,老侯是20世纪30年代出生的人,在新中国成立初期的互助组、土地改革、初级农业合作社过渡中,带领农民向高级农业合作社发展,在社会改革洪流中拼搏过。在抓好农业生产的同时,老侯大力发展副业生产,带领村民先后办过砖瓦厂、糖坊、油坊、面粉加工厂,使他所在的村庄成了远近闻名的富裕村。不过,那已是老皇历,他所坚守的那份生意场上的诚信,历经几十年的坎坷岁月,早已变味。他到达那座城市后,购货心切,毫无掩饰的真诚一下就被欺诈所包围,而他却丝毫没有察觉。

老侯被人带着去火车站货场看货,他亲自挑开一个滚圆充盈的麻袋缝口,里面的黄豆颗粒饱满,成色金黄。这正是老侯想要的货,他心满意足,谈好价钱,约定见到火车大票后,车板付款交货。第二天,火车大票送来了,白纸黑字写得清清楚楚,收货人、收货地址精准无误。商户带着老侯去车站,一列货车停在货场站台,搬运工人正往火车车厢里搬运一包包大豆。他看到搬运工人吃力搬运麻袋的身影,激动了,想起当年在家乡开挖新汴河工地时,为赶进度,自己带头在严寒冰水中高高挽起裤腿赤脚挖龙沟的情景。那次,新华社记者特地为他拍下一张肩扛铁镐、满身泥浆的照片,这张照片后来刊发在介绍他的先进事迹的《人民日报》上,那张报纸一直被他珍藏在箱底。他敬仰劳动者,忙掏出香烟来,给搬运工人一一敬烟,并说了一连串感谢的话。

一场生意一份情谊。商户带老侯离开火车站,他们去银行办理完汇兑后,三人在一家小餐馆小酌几杯,算是送行。老侯本来和业务员说好第二天坐火车回去,赶回家等着接货,可他一夜辗转难眠,突然多一个心眼,让业务员先回去,他留下,等业务员发来接收到大豆的电报后再离开。离春节越来越近,商户兴许是忙着过年,之后再也没来他入住的小旅社看他。估算着货物应该送达,"货已发出"的电报发给家人好几天了,业务员也赶回去了,却迟迟不见"货已收到"的回电。他去找商户,商户家门始终关闭。无奈,他只好去找这笔生意的中间人。中间人表现出很生气的样子,骂这家伙不够意思,生意做成了,赚了钱却怕请客。

何止是赚了钱?那家伙是空手套白狼,赚了大钱。原来,火车大票是假的,货场站台上装的货根本就不是他的货,那是别人发往其他地方的货……待一切真相弄明白之后,老侯当场就气晕在那个小旅馆里。他在悲观绝望中给镇党委书记写了一封信,表达了自己不把被骗的钱要回来就死在那座城市的决心,也期望镇里能派人去助他一臂之力。

年假后上班第一天,镇党委书记把信拿给我看。他说:"你懂法律,就辛苦你跑一趟吧。到那以后看情况,能通过法律途径解决更好;法律途径解决不了,先劝老侯回来,以后再慢慢想办法,一定不能让他有个三长两短。"为此,我踏上了北上的列车。此时,正值节后客运高峰,从徐州到哈尔滨,站了一天一夜,我都没找到座位。有人在一篇励志文章中写道:"像你买了无座的火车票,你只要坚持一个车厢一个车厢地找下去,你总能找到座位。可惜,许多人只找两个车厢就没有了那份耐心与自信。"作者写的是现代网上订票年代,是高铁年代,但在那个年代的绿皮火车上,任你怎么不停地找,也找不到座位,因为火车上的人实在是太多了。唯一的办法,就是你一个一个人地不停询问,问到中途提前下车的旅客,你就坚持站在那人跟前等待,否则,你一离开,别人又站在那人跟前了,最后,这座位该谁来坐,还真说不准。

在哈尔滨下车后,转上直达目的地的列车,车上松快多了,每人都有座位,还有剩余。我首次踏上边陲这片广袤无垠的土地时,闻到了充盈天地间的肥沃黑泥土的气息,感受着"关内"与"关外"的差异。到达目的地后,我在小旅馆里见到了老侯,他整个人瘦了一圈,面容憔悴。在这个失去了新年快乐及与家人团聚享受天伦之乐的节日里,他在冬日的萧瑟和无尽的悲哀中,已不知不觉地随着季节更迭一起冷清地变老……四目相对,空气中,徒留他转身擦泪时发出的一声轻叹。

我问他:"骗取货款的商户是老辈本地人吗?"

他说:"不是,据说父辈和我们还是老乡呢。"

我说:"老乡骗老乡,骗得你泪汪汪。"

我到了没多时,帮老侯介绍生意的两个人来了。两人来后,一起咬牙切齿地骂商户不是人,骂他背信弃义、没有道德、不得好死。他们一边骂,一边用余光观察着我的表情,与初次受审的罪犯百般抵赖时的眼神像极了。我故意劝慰他们:"不要这么贸然下结论,也许商户有难言之隐,不得已而为之,说不定现在正在重新组织货源呢。"

我回头问老侯："这件事,你向公安机关报案了吗?"

老侯说报案了,公安那边到现在也没什么信息,感觉公安对这件事不够重视。介绍人连忙补充,说找不到人,公安也没办法。我说别急,再等一两天,也许情况会有转变,至于公安那边,不是不重视,是还没到引起足够重视的时候。

第一次与介绍人见面,仅从故作的神情中,我确认他们与商户是合伙作案。虽然我手里没有证据,但我确信这个判断是正确的。我故意给他们留了一条路,留一条回头的路,也是留下一条我所期待的希望之路。我判断介绍人这两天会密切关注我的一举一动。第二天,在介绍人来了之后,我出去了。临行前,我向他们打探市政府的位置,很巧,市政府离我们住的小旅馆很近。

经过一夜反复思考,我针对这件事构思了一套处理方案。我认为,如果不采取点极端手段,商户是不可能回心转意的,因为他们抓住了我们的软肋:两地距离太远,人生地不熟,仅在时间上,我们就耗不过他们。我预订的方案暂时还不能向老侯透露,而且这是一个你不仁我也不义的以牙还牙的方案。此时,老侯已被介绍人表面的关心所迷惑,像大海中孤立无援的溺水人抓住了一根救命稻草,判断力出现缺失。

我走进市政府大楼,爬上高高的台阶,在一楼大厅里隔着玻璃观察我来的方位。我看到了想要的结果——介绍人带着老侯不畏寒冷,在政府前的广场花园里晃悠。他们的这一行为,为我计划方案的实施提供了有利条件。我躲进卫生间,构思如何才能以破坏招商引资环境为前提,写出一份足以引起市长愤慨的举报材料。时间还早,我不能马上离开大楼,我要让介绍人感觉到我向市长反映问题用了很长时间,厕所是我消磨这段时间最好的地方。

我走出大楼时,老侯和介绍人焦急地向我走来。老侯问我:"你咋进去这么长时间?我真担心你走迷路了。"我说:"是我去找市长反映情况,又不是市长主动约我,我得等啊。"

我向介绍人打探哪里有打印社。得知打印社的方位后，我对他们说："你们先回去吧，不要等我，我去打印个材料。"我去打印材料是真实的，我已经在厕所里打好了腹稿。在打印社，我简单草拟一个底稿，花钱让打印社给我打印了一份言辞凿凿的举报材料。回到小旅馆，我告诉老侯："我见到市长了，市长让我给他送份书面材料。"

我必须快刀斩乱麻，在最短的时间内处理完这件事，否则，时间一长，会出现变故。下午上班前，我留下一份材料，赶在介绍人他们来看望老侯之前离开旅馆。我不知道之前是什么情况，反正从我到来之后，除吃饭、睡觉外，介绍人或独自一人或两人结伴始终不离开小旅馆，还为我们带来一些年关食品，极尽朋友所能尽的一切热情。

这里与我们家乡有两个小时的时差。我回来时，天已黑，介绍人还没走，在陪老侯说话，也许是在帮他出谋划策。我带回一份市长签字的举报材料，递给介绍人看。签字写道："市公安局：举报材料所反映的问题事关我市经济发展环境大事，对此案要严肃查处，决不手软！"上面赫然落有市长大名。

市长的名字是我在打印社打听到的。在地方保护主义思想严重的特殊年代，我做了一项无奈之举。说实话，这两行签字，我要不是趴在卫生间马桶上书写，字会比这更遒劲有力。介绍人看完反映材料后，脸色明显不自然。他以一种商量的口气对我说："再宽容他两天时间吧，我正安排人四处找他。只要找到他，有货发货，没货还钱。"

介绍人走后，我对老侯说："你做好准备吧，这两天可能会给你发货，只要货一发走，我们马上离开。"老侯不解，很惊讶，瞪大眼睛看着我，不说话。也许，那会儿，他把我看成了神话般的人物，但无论如何，我还不能把实情告诉他，还没到该告诉他的时候。

第二天，介绍人没来看望老侯，老侯似乎有些失落。我安慰他，让他耐心等待，如果不出我所料，晚上会来。果不其然，晚上，介绍人来了，带来一盒煮熟的水饺，还有牛肉。他迭声叫苦，说通过亲戚关系费了很大劲总算找到了商户,并描述自己如何与商户骂了一架,打了他一巴掌,之后说:"他怕你们把他送到公安局,不敢出面,委托我给你们发货。"

我问:"有货源吗?"

介绍人拿出一张出库单给我看,然后说:"这不,他从朋友那借了一批货,今晚就将这批货送到火车站货场去。"老侯想要插话,被我制止了。我知道他一定想说"我们不要货了,要钱",但是,这样的要求,在那种情况下,已很难实现了。

我问火车皮有没有联系好,介绍人说明天一早就带老侯去货运中心办理火车大票。我说:"这是你们生意上的事,你们自己谈吧。"又转头对老侯说,"染缸店里退不出白布,你们当初谈的就是大豆生意,你也别这山望着那山高了。"老侯这次吸取教训,在火车站货场亲自监督发货。大豆发出后,当着介绍人的面,我烧掉了那份"市长签字"的举报材料,并假惺惺地感谢他热心帮忙,欢迎他到砀山做客。

回程的火车上,老侯心里不踏实,怕他们故技重演。我说:"你就放心吧,这次发货是真的,只怕是大豆质量没保证。现在只能这样了,把损失减少到最低限度。"他问我,咱手里有市长签字,还怕他啥。我只好把签字的前后经过,如此这般地向他描述一遍。他惊呆了,也可能是出于一份感动,那只跷起的大拇指,好大一会才收回。

1989年央视春晚,韦唯的一首《爱的奉献》唱红全国。列车上正在播放这首经典名曲:"只要人人都献出一点爱,世界将变成美好的人间……"婉转悠扬的歌声把我带入一片迷茫之中。我冒名签字的行为背离了爱的范畴吗?或许那是一份越界而自私的爱吧。我在烦乱的思绪中,为自己梳理辩解的理由:我仍然不失为爱的奉献!一是我为乡镇企业挽回了经济损失,且救人于危难之中;二是我的行为在客观上挽救了正在犯罪的人,迫使他不得不终止犯罪,在他走向犯罪的悬崖时拉了他一把。

招商那些事

作为内地落后地区，大力发展乡镇企业与招商引资工作并不同步，招商引资工作紧锣密鼓地开展起来，是在各级政府相继设立经济开发区之后。

我在乡镇挂职锻炼那几年，"招商引资"这个名词早已出现，但政府尚未出台招商引资政策。我们那时干的一些事，在脑子里还没与招商引资挂上钩，只是觉得它是贫穷落后地区发展乡镇企业的一条出路，就闷头一味去干了。

乡镇企业发展，面临的第一个难题就是找项目。我所在的乡镇范围内有数十家小型罐头厂，均属手工作坊式生产，质量难以保证，往往是保质期没到，瓶盖就鼓起来了，产品卖到外地，常常因质量问题而要不回货款。于是，镇领导要求我们尽快找到好项目，发展乡镇龙头企业，带动乡镇企业发展。

我到上海找项目，是在一个偶然机会里得到的一条重要信息。听说上海某研究所项目部徐工程师，是镇上人家的二世女婿。所谓"二世"女婿，是说他爱人的母亲是当地人。第一次去上海，我是带着徐工爱人的二世表哥及三世侄子一起去的。

几十年了，每当想起这件事，我总是忍俊不禁。可能是他们父子二人把这件事看得太重要，太当一回事了。去的那天，他们都头戴鸭舌帽、身着衬衣、外面套上一件中山装，脚上蹬着新做的纳底吊带布鞋。那可是6月的天气啊！火车上人多，我们买的是站票，他俩因为穿新衣服，舍不得在火车地板上睡，就只好站着。我穿一条旧裤子，一件旧T恤衫，往三人座位下一钻，睡一夜，天亮到上海。

俗话说："月是故乡圆，水是故乡甜。"这话一点不假。故乡这一绵延古今的纽带，一下拉近了人与人之间的距离。徐工对我们很热情，听说我们受镇领导委托，专程来拜访他，被仰慕与尊重的自豪感油然而生。他说，他去过砀山，去过家乡，在清明时节去给岳母的父母烧纸上坟。他知道那里的贫穷与落后，也期望他爱人的家乡能够早日走向富裕道路。既然是他爱人的表哥和表侄来了，他把这件事既当公又当私。起先，他没带我们去单位，而是先根据我们的意向帮助联系项目,项目筛选好了,再让我们定夺。

那几天,我们就在他家附近随便转悠。我已记不起他家住处的地址,只知道离上海"大世界"不远。我请他们父子去看"大世界",他们脱下了中山装外套,摘掉了鸭舌帽,轻装前行。我们坐在摩托车特技表演的铁笼前凝神贯注,大气都不敢喘,生怕一个不经意间的深呼吸会把车手的轨道吹偏。我们看的是六人飞车表演,六辆摩托车在铁笼内旋转追逐,旋转轨道有时水平,有时竖直,有时倾斜,非常震撼。我知道,这是向心力原理。物理课上,老师曾取一根绳子系一个小球于绳子一端,抡绳子旋转,小球好比摩托车和飞人,在加速度中产生向心力。

物体在做圆周运动时,之所以不会产生离心力,是因为它产生的两个弹力,一个是拉力,一个是支持力。摩托车旋转到最低点,向心加速度向上,合力向上,则支持力大于重力。在华东经济区六省一市经济发展中,我们就像是铁笼里处于最低点的摩托车,要想向心加速度向上发展,就要合力向上,做匀速运动,依托大于自身重力的支持力。这种支持力,不单单是资金,更重要的是技术,是理念。同顶一片天,同踏一块地,为什么有的地方经济起步快、发展快,而我们那里却发展慢?理念占很大因素。

这次去上海,我们跑来一个非常好的项目,与上海某车辆配件厂合作生产农用机动三轮车。上海厂方出技术、投资机械设备,我们提供厂房、工人,所需生产资金双方共同承担。上海方面之所以做出这么大让步,主要是看好砀山及周边地区的销售市场。砀山是水果区,他们反复考察市场,掌握了果农追肥、打药、浇水、摘果等环节对农用机动三轮车的大量需求。这个条件于我们来说,是求之不得的事。原有的镇农具厂留有一片厂房、一个大院,已经空置多年,可以生产机动三轮车。

项目很快上马。上海的生产设备运来了,技术人员到位了,试生产的第一批常州柴油机各自遵守合约购置到货,其他配套原材料均已购置完备,经国家注册批准的第一批"海通"牌三轮车正式生产上路。可以说,"海通"是紧随"金蛙"之后走在全国三轮车行列的领头军,试生产期间,红极一时,可它却是短命的。我离开乡镇后,三轮车厂摇摇晃晃、半死不活地坚守了两年,在全国各地众多机动三轮车厂纷纷上马的激烈市场竞争中,它由衰败走向倒闭。上海方撤走了技术人员,留下部分设备,他们宁愿经济受损,也不愿再合作了。

没有项目找项目,找来大好项目,却摆脱不了倒闭的厄运。

走出检察院木楼,在乡镇挂职的三年,我尽力而为,亲力亲为,相继上马一批镇办企业,成为全县发展乡镇企业的典范。但在若干年后,这些镇办企业无一例外地遭受倒闭与破产的命运,与此相反,一批私有小型企业却日益走向红火。

红极一时的背后到底隐藏着什么样的危机?无论是那时还是现在,我都没有吃透这一企业与政府的关系问题。就像那天在上海"大世界"看铁笼里的摩托车特技表演,我当时曾异想天开,心想要是用一把特别锋利的尖刀,"唰"地一下把铁笼划开,摩托车飞驰而出会跑多远?这是一种根本就不存在的虚拟力量,违背了圆周运动规律。催生动力,产生在作用效果中!

我没有进过高等学府,如果让我在人生历程中选出一段经历,作为我的大学,那么,我在乡镇挂职的三年便是。

经历是一笔财富。杨朔说过一段话:作为一个人,要是不经历过人世上的悲欢离合,不跟生活打过交手仗,就不可能真正懂得人生的意义。

考察前那次谈话

没想到我会被提拔为副检察长。我被提拔为副检察长那年,是木楼面临拆迁的前一年。至于被提拔,我倒没有刻意记住这个时间点,但有一件事,让我把时间节点记得清清楚楚。那是在组织考察之前,县领导找我谈话,约定在晚上七点半。我后来知道,县领导找谈话的并不止我一个人,而是许多人。我们这些人,都是被推荐列为提拔考察的对象。

相关部门通知我去领导办公室,我首先想到刚办结的一起案件。那起案件在当时影响较大,争议也较大,领导要了解有关案件问题,这很正常。我把这一情况向检察长汇报后,抱着卷宗去了。我准时准点到达,敲门那一刻,我的心情很忐忑,而更忐忑的,是在跨入领导办公室后。

去的路上,我脑子里一直在考虑如何才能把有关案情向领导汇报清楚,没想别的。做任何事情,有准备与没准备效果是不一样的,不然,苏轼也不会说"故画竹必先得成竹于胸中"。领导让我坐下,示意我把有关案件卷宗放置一边。他说:"我们今天不谈案件。"我猛地一愣,不和我这个反贪局长谈案件,还能谈什么?谈经济改革,谈产业结构调整,我是外行啊。领导一边给我倒茶,一边和我拉家常:问我上班多少年了,什么学历,出生于什么地方等。

一杯茶倒满,他的问话戛然而止。一杯散发着醇香的清茶,放在我面前,感觉如此滚烫、灼热。领导给我沏了茶后,俯身台灯下,在一张雪白的信笺上奋笔疾书——后来,那张信笺捏在我手上时,我感觉他不是在奋笔疾书,而是在行云流水。

我等待的时间很短,就是两到三分钟。在领导书写时,我的目光一直没离开那杯茶里的茶叶,看它遇水而上浮,闻它遇水而清香。我在想,一位领导只要心中有理想、有抱负,就像这杯茶,能沁人心扉。领导看着捏在我手中微微抖动的信笺说:"别紧张,随便谈,就这三个问题,我想听听你的见解。"

原来,我手里拿的是一张考卷。我迅速浏览考题,大脑里的每一根神经都在瞬间被调动起来,不啻走进高考考场的那一刻。我一口气读完三个题目,心里长舒一口气,心想:这水平,为高考语文作文出题目也是响当当的。三个论述题,个个都是以"你"为中心,没一题偏题怪题,想说我不了解情况也找不出理由。

读高中时,语文老师给我们讲如何论述问题时,曾教过一个"秘方",说是遇到应急答题时,把握住三个要点,怎么讲也能及格。这三点是:为什么要这样做;怎样才能做好;做好这件事要注意哪些问题。我没有按老师给出的万能公式来回答领导的提问。我觉得没必要,领导问的是我自己,如实回答自己就行了。再说,在这样一位亲力亲为、求实求真的领导面前,切忌任何形式主义的语言。

我不妨把三个题目列出来,让大家共赏。

1.在你的成长中,最重要的是什么?

2.你有许多优点。那么,你身上有哪些缺点?谈谈你对你这些缺点的认识。

3.假如你处在我的位置上,你该如何选拔人才?

先说第一题吧。领导的题目出得很玄,题目若是去掉"你"字,变成一个人在成长中最重要的是什么?我首先要考虑的是"你成长为什么样的人",

确定你成长为什么样的人,再从你的成长中剥离出重要因素。回答这个题目,你就要敢于给自己坦荡荡地定位,定位为自己是一名对国家有用的人,是一名于人民有益的人。如果不是这种人,你还敢仰首挺胸地面对领导回答这个问题吗?如果领导不是这种人,他会问你这样的问题吗?

法国作家雨果说过这样一句话:"世界上最宽阔的是海洋,比海洋更宽阔的是天空,比天空更宽阔的是人的胸怀。"坦荡的胸怀,来自一个人全面的修养,包括知识、思想、道德等,更主要的是所追求的理想、奋斗的目标,归根到底,这是一个人的品质。我成长在四方阡陌的田野中,双脚踏着泥土,在近乎刀耕火种的传统农业环境中成长,灌顶注入身心的是老百姓不怕吃苦的那份勤劳本质,那是勤奋的品质,是善良的品质!当然,也有冒酷暑顶烈日无畏地拽掉禾苗间一把杂草的疾恶如仇的品质。

我敢说,在我的成长中,最重要的是品质。

看看第二题,问得多么直率。你身上有哪些缺点?这是许多人羞于开口的话题。人的最大缺点是什么?是不敢承认自己的缺点,是不去面对自己的缺点。我任代课教师时,有一名学生,有很多缺点,上课不注意听讲,下课跟同学打架,为此没被少罚站。后来,他工作了,在一家工厂干保安。他来看我时说:"杜老师,我这人没啥优点,就是缺点多。"我说:"你这么多缺点,人家工厂咋要你这样一个保安?"他说:"厂里招保安,我去应试,人家问我有啥特长,我说我平时爱动,坐不住,还爱多管闲事,爱和人吵架,爱和人争理,我的这些缺点就是我的特长。招聘的人对我说,你的这些缺点在这个岗位上就是优点。我被录用了。"

我问他:"你的缺点最终有没有变成优点呢?"

他说:"我现在都是保卫科长了,你说呢?"

有些缺点在一定环境下能变成优点。那天,我受学生启发,大胆地表明了自己的优点,同时,我也客观地逐条列举我身上所存在的缺点,并且认真分析每条缺点在什么环境下改正,在什么环境下保留,在什么工作环节中让缺点发挥积极作用。

我说完,领导微笑着看我。他说:"你对你缺点的认识,很独特。"我知道,我的认识独特在我并没有表示如何彻底改变自己的缺点。

至于如何选拔人才,我虽没有处在主要领导岗位上,但我知道选拔人才的方式是"不拘一格降人才"。在这个问题上,一开始我有些拘谨,领导一再鼓励我大胆地把自己的想法说出来,我就围绕着如何把握"格"这个问题谈了自己的想法。"格"是什么?"格"就是用人所设定的标准,无非就是学历、资历等,这些,恰恰是我的弱项。不得不承认,我谈这个问题时,是自私的。自私是每一个人立足于这个世界的客观需要,如果一个人从根本上放弃了自己的欲望或需求,其结果只能在人与人的竞争中和人与环境的抗争中被淘汰出局。什么样的人算人才?用什么标准去衡量人才、选拔人才?都与"格"紧密相关。无"格"会让人钻空子滋生腐败;搞唯"格"论,"格"就成了使用和发现人才的障碍。有"格"而不拘"格",是用人的至高境界。只有改革人才评价方式,重公论,凭业绩,看才干,才能人尽其才,才尽其用。

领导写在信笺上的三个问题,我一一回答完毕后,他又口头提问两个问题:一是针对我县目前社会治安现状,你有什么建议?二是你们单位目前存在哪些突出问题?谈谈你的看法。对这些问题我并不陌生,是在实际工作中切实接触过的、思考过的,感觉我的回答领导还算满意。

最后,领导问我:"针对目前检察院的现状,你对县委、县政府有什么意见和建议吗?"

我的脑子突然打架,一种思想和另一种思想展开激烈斗争。甲说不能说,乙说可以说。终于,甲没有管住乙。我正襟危坐,恭敬中难以掩饰那份拘谨。我说:"检察院的新办公楼快要完工了,检察院搬走后,木楼能不能保留下来?"

领导很惊讶,对我突然冒出的这句不合时宜甚至完全偏离谈话主题的话很感兴趣。他说:"说说看,你为什么会有这个想法?"

我说:"木楼是新中国成立后县城里盖起的第一座大楼,是新中国成立后县委、县政府的办公所在地,有一定的纪念意义。再说,木楼的结构也有其独特属性,保留下来,可以留下一份记忆。"

领导沉思许久。他说:"我很赞同你的观点,只是保留下来有一定困难。你想想看,人民路是县城的一条主街道,人民路拓宽,木楼几乎处于街道中心位置,能保留住吗?再者,没有土地置换,检察院能拿出钱填上财政垫付盖新办公楼的款吗?"

我无言以对。

领导安慰我说:"你的意见很好,我也会考虑尽量保留它。"

中卷

Zhong Juan

特殊任务

一

1985年底，在我们招干进院一年后，单位又新招干七人。这次招干与我们那次不同，条件明确限制必须是城镇户口。我们很高兴，这意味着有了一批同龄人。检察机关恢复重建后，第一批进院的人员大都是检察机关撤销之前的老同志，之后陆续调进来的人员也比我们年龄大。

七名新招干人员上班的第二天，院里发生了一件令人匪夷所思的事：小杨和小阚"失踪"了。自前一天下午下班后，他俩一夜都没回家，家长找到院里来，却没人知道去向。

办公室是个管理所有"都不管"事务的部门，况且新招干人员还没有分派科室，暂时都属于办公室人员。检察长找到办公室，主任去县里开会了，问其他人员，一问三不知。

检察长和办公室副主任劝慰家长："放心吧，没事。估计是上班第一天，心里高兴，去同学家玩了，晚上喝点酒没回来，住同学家了，睡醒了就会回来的。"这个推理不是没有道理，他俩自小学就是同班同学，是光着屁股一起长大，所有的同学都是共同的同学。家长听进劝慰，走了，走时心里还犯嘀咕："这两个孩子，从来也没有彻夜不归过。"

更不可思议的事也在那天接连发生。有人下乡查材料没申请到那辆"北京"吉普，要用一辆公用自行车，办公室副主任到一楼储存室去推，打开门，发现自行车少了两辆。这储存室的门只有办公室正、副主任有钥匙，明明看到主任是走着去县委大楼开会的，也没人借用自行车啊。副主任很颓丧，丢失的两辆自行车里，就有检察长常骑的那辆"羊角把"自行车。

副主任找来我，问："小杜，你见到小杨和小阚他俩昨天来上班时，是走着来的还是骑自行车来的？"

我说："来上班时我没在意，中午下班时我看到他俩是走着回家的，他俩的家离单位都不远。"

副主任点点头，似乎明白了什么。

他一定是把丢失的两辆自行车和小杨、小阚联系在一起了。虽然事情原委还不清楚，但这两辆自行车无缘无故失踪，无疑给寻找两位失踪的年轻人提供了一条重要线索。

我在打字室隐约听到办公室副主任在对面的检察长办公室里汇报情况，听到他在检察长办公室门口说的那句话："等会看吧，他俩不回来，周主任开完会回来，事情也就清楚了。"检察长心里一定也很纳闷：办公室周主任能给两位刚上班一天的年轻人安排什么特殊任务？我怎么一点也不知道？纳闷归纳闷，总归心里有数了。

临近中午下班时，周主任开会还没回来，小杨和小阚倒是每人骑一辆单位公用自行车疲惫不堪地回来了。单位人大都知道他俩"失踪"的事，见面就问："你们干啥去了，一夜也没回家？"既有关心之情，也有责怪之意，言外之意就是：你俩真是不懂事，有事也不请假，也不给家里人说一声。

其他五位同批招干的年轻人一上午都闷闷不乐，他们为才有一天战友情的伙伴突然"失踪"而难过。两人被办公室副主任带去检察长办公室，如实汇报了事情的前后经过。后来检察长把他俩送出门，一再叮嘱："下午在家好好休息，不用来上班了。"

我和那五位年轻人一样，心怀一份好奇，想知道到底怎么回事。两人被检察长亲自送走,看来揭秘只能等到明天了。第二天,小阚来打字室送材料,我丢下最后一个字钉,歇息时,他给我讲述了那晚发生的故事。

二

第一天上班,下午下班时,小杨和小阚是七人中最后走出木楼的两个人。走到木楼门口,两人正下台阶,周主任叫住了他们,让他俩不要急于回家,说有项重要任务要交给他俩去办。

"去抓人吗?那多神气。去提审吗?那多威严。"他俩在心里猜测着,并为此而沾沾自喜,庆幸比其他五人晚走一步。一会儿,周主任从楼上带来一位女孩,和他俩年龄相仿。周主任打开储存室屋门,喊他俩进去推自行车,并借机给他俩下达了命令:"你俩连夜负责把女孩送回家,不得询问案情,路上举止要规范,说话要文明。"

周主任应该也不知道女孩家住哪里,离县城多远,因为他没有给两位年轻人指出具体的行走路线。后来才知道,这女孩是一起强奸案的受害人,是刑检科通知来问话的。据说,刑检科办案人员本想去当地公安派出所问话或直接到她家问话,女孩家人不同意,怕对女孩的名声有不好的影响。

在中国这个传统国度里,女孩的名声往往被看得很重。那女孩正是如花似玉的年龄,她的那份天真与烂漫却被无情地扼杀在这个秋冬交替的季节里。每一起性侵案件的背后,都有一个灵魂在哭泣。从这点来说,周主任安排他俩的这项工作任务,真的是特殊而人性,是在践行检察机关设立以来一以贯之的执法理念。

他俩无条件地接受了这项任务,每人推出一辆自行车。小阚先让女孩坐了他骑的那辆"羊角把",那是一辆可以与现代"捷安特"或"美利达"等相媲美的优质自行车。天还没黑,他俩优哉游哉地骑出县城大马路。出了县城怎么走?问女孩——只有在这种情况下,他俩才敢跟女孩说话。在女孩的指引下,他俩转向通往邻省的一条省际公路。砀山处于四省七县交界处,省际公路四通八达。

此时,天已完全黑下来,公路上的车辆并不多,路是柏油路面,两人轮番驮着女孩,并不感觉太累。问题是,在这条省力的柏油路上并没有走太远,女孩就示意他俩拐上了一条乡间土路。这可能是女孩来时走过的路。女孩是徒步走来的,从天刚蒙蒙亮走到中午我们下班时才到达。也许她只知道从村庄到县城的这一条路,也许她是故意回避人多的公路。

他俩不知道在这条乡间土路上还要走多远的路程,再次主动和女孩搭茬。至此,女孩才说出她家的具体位置。她家在距离县城约三十公里的一个省际交界处的村庄,柏油路只能走这么远的距离,剩下都是土路。一开始,两人在柏油路面上轮番驮着女孩,并未感觉到累,转入土路后,渐感体力不支。土路的路面并不全是洼窝和浮土,在月落星沉中,他俩分辨不出哪是硬朗地面哪是洼窝和浮土。空车落入洼窝与浮土堆里,脚尖点地猛加力,可以蹬出来,可驮人的自行车一旦落入洼窝中,就连车带人一起倒地,好在都是年轻人,经得住摔倒再爬起。

"没事,这不是你们的错,你们也不是故意的。"车子摔倒了,女孩落地了,小杨不好意思,连忙向女孩道歉,女孩努力鼓足勇气,说出了这句话。那一路,女孩多么希望这句话能从他俩嘴里说出来。有了这样一句话,她心里的阴影便会淡化许多,她需要这份理解,需要这份安慰。

可惜,他俩一路都不说话,因为来时周主任交代了,不许询问案情,他俩根本就不知道女孩被叫到检察院是要干什么。这是两名在城里长大的大男孩,刚走出校门的高中毕业生,不能说他俩以前从来没去过农村,至少可以说,以前从来没有在农村的乡间小路上骑过夜车。

肚子饿了,咕咕作响,他俩谁都不说,说了也白说。这是冬季,不像深秋时节地里有花生、红薯,薅一棵、扒一块,好歹也能充饥。更重要的是,他俩知道这是在执行一项特殊任务,谨小慎微地说出的每一句话,都要在脑子里先过滤几遍,防止言多有失。

乡间的小路七弯八拐,他俩在茫茫夜色中早已迷失了方向,好在有女孩指路。穿过一块麦田后,女孩告诉他们,前面就是她家所在的村庄。两人总算松了一口气,可就是那一松气的当儿,突然双腿发软,四肢无力,若不是女孩在跟前,他俩定会"咚"的一声,四仰八叉地躺在麦田里睡上一会。

走到村口,女孩迟疑了。村子很大,她不敢自己走回家,她是"一朝被蛇咬,十年怕井绳"。女孩终于鼓起勇气,提出让他俩送她到家门口,但又嫌推自行车动静太大,怕被村里人碰见。她提议把自行车放在一棵大树旁的地沟里,防止被路人偷走,回来时再骑。两人跟在女孩身后,迈着轻轻的脚步一直走到一处院落大门口。女孩回头,他俩知道是女孩到家了,转身离去。

女孩没有说一句感谢的话语,这倒让小阚想起学校同桌的一名女同学,两人为了争占地盘,他在桌面上画了一道"三八线"。画过"三八线",他的钢笔不慎跌落在地上,却是女生弯腰捡起,轻轻放在"三八线"另一侧,他也没对女生说一句感谢的话。小杨一边走,一边附在小阚耳边轻语:"咱忘了让女孩回家给拿两个馍了。"耳语之后,两人回头,见农家庭院房屋里依然没有灯光,倒是隐隐约约地看到女孩伫立在院门外,目送他俩离去。

可以相信,那一刻,女孩眼里一定噙着泪花,感激得热泪盈眶。这比两个馍馍更让他俩心潮澎湃!

可能是回去时的脚步声迈动得太大,村子里响起了"汪汪"的狗叫声,令两位年轻人毛骨悚然。为避免被狗咬,他俩在村里绕了一个巷口。村子里巷口很多,总也绕不出。他俩费了九牛二虎之力,出了村,却怎么也找不到自行车。无奈,在寒风刺骨的深夜,他俩只好深一脚浅一脚地围着村子转,转了一圈又一圈,总算找到了沟旁的那棵大树,自行车仍然静静地躺在那里。

三

村外的麦田很宽广,没有路。来时女孩怕路上碰到熟人不好说话,带着他俩从麦田里推着自行车走过来。现在他俩在没人引路的情况下,要摸黑推着自行车走出麦田。

走了一会儿,看到前面有一片黑魆魆的高冈,他们便朝着高冈方向走去,走近了,发现是一片坟茔。冬季里,坟茔上没膝的乱草早已干枯,在寒风吹拂下瑟瑟作响,这是整片麦田里唯一能避风的地方。他俩实在是太累太饿了,乱草仿佛是柔软的被褥,坟茔又好似一个个封口的暖炉。他俩躺在坟茔上的乱草中,身子紧紧地贴在一起相互取暖,并不断提醒:只能小歇一会,别在这睡着了。

真的迷迷糊糊想睡着的时候,一股刺骨寒风袭来。人在夜间迷路,眼睛和大脑的修正功能不存在了,给出的修正信号是混乱的,两条腿有长有短,迈出的力量有大有小,简单说,任何生物的本能运动都是圆圈。在坟茔上歇息的那一会,他俩的思维得到了调整,没再走圆圈。

在不断的摸索中,他俩走出了麦田,找到一条不知是不是来时走过的土路。找到了路就是成绩,有了路就有了希望。不用再轮番驮人了,每人骑一辆自行车,他们沿着不知是对还是错的方向,在坎坷不平的乡村夜路上奋力骑行。

走到一个村庄路口,看到一户人家墙壁上挖了方孔,方孔的木门已经关闭,但门缝里透出一丝亮光。他俩断定,这一定是乡村代销店。两人约莫合计一下,身上共有九毛钱,如果能喊开方孔门,这些钱足够他俩填饱肚子。

方孔木门被敲开,里面拉开一条缝。他们向店主问路,店主告诉他们,县城在相反方向,离这儿还有三十多公里。显然,他们走错了方向,多走了十几里冤枉路。这家代销店主要是卖油盐酱醋、针头线脑,唯一能吃的东西就是饼干。花光身上所有钱,他俩买了四盒饼干,坐都没坐,就站在那儿,把饼干放在自行车后架上,狼吞虎咽,一气儿吃个精光。

"人是铁,饭是钢,一顿不吃饿得慌。"有这四盒饼干填饱肚子,他俩立马增添了骑行的力气,说话也有底气了,不用费多大劲,相互的声音就能在万籁俱寂的夜空中传送。小阚问:"你说这女孩是犯了什么事?"离村时,小阚看到女孩站在院门外目送他们,他一定是被女孩的那份感激所感动了。

小杨说:"笨蛋,来时周主任安排不要询问案情不就等于是给我们说了案情吗?"这是两个刚出校门还没谈恋爱的大男孩,竟然谈起这个问题,夜幕掩饰了脸上的羞涩,所以才敢这样大胆。

小阚问:"以后我们要是被留在办公室,会不会每天就干这样送人的工作?"小杨无语了。他想应该不会,这只是一次特例。他摇摇头,小阚没看见。他不得不改用语言回答他:"我觉得以后检察院应该设立一个专门机构,传人送人。"他的预判,在十几年后真的应验了——法警大队设立了。

"做女人真难!"小阚为受害女孩打抱不平,"本来就受伤害了,办案时,公安局、检察院、法院还传来传去,等于又受到一次次的伤害。"如何保护女性受害人人格权、隐私权一直是法学界研讨、争论的一个热点问题,这两位刚跨入检察门槛才一天的年轻人,竟然能想到如此深邃的问题,这来自他俩亲力亲为的实际行动所赋予的思想启迪。

按照店主指引的路线,凌晨两点多钟,他俩骑到了一个乡镇。在这个镇的街上,他们想找个旅社住下,但身上已经没有住旅社的钱了。他们推着自行车在街上转悠,突然在街中心路口看到了派出所的牌子。他俩不傻,才上班第一天,就知道公检法是一个系统的。他俩走到派出所门口敲门,院里走出一位看门老人,开门让他俩进来。

进了院门,走进门卫室,看门老人了解情况后,既心疼他们,也为检察机关全心全意为人民服务的精神所感动。老人为他俩倒水、挪动煤球炉子取暖,之后,很惋惜地告诉他们:"所里只有两位正式民警,都去县里开会了,我也打不开他们宿舍的门。"老人看他俩还是孩子模样,关切地说,"如果你俩不嫌我的被窝脏,就挤挤在这睡一觉吧。"

他俩衣服也没脱,直接钻进了老人的被窝,一会就进入了梦乡。看大门的老人裹着一件旧大衣,坐在煤球炉子旁,点燃一支香烟,看着他俩酣然入睡的样子,不时站起身来为他俩披披被角。

直到早晨7点多钟,他俩才被街上的喧哗声吵醒,睁开眼,看到老人已经买来豆浆、烧饼和油条,放在桌上。他俩毫不客气地吃饱喝足,与老人辞行,骑车上了回县城的柏油大道。

两个年轻人没想到家人急躁,要是想到的话,从派出所出来前,应该提前给单位打个电话。当然,摇把电话也不一定马上就能接通,上午要总机转接电话的人总是特别多,总机忙了这头忙那头,一个电话要连接好长时间。不过,他俩为顺利完成了一项特殊任务而兴奋,车少人稀处,仍不忘你踹我一脚,我挤你一把,昨晚的疲劳早已忘得一干二净。

参加函授学习班

1984年,我参加工作时,全县公、检、法、司四家单位,只有司法局有一名正规的法律系大学本科毕业生。所谓"正规",是指基础学历。

在"正规军"紧缺的年代,"兵民乃胜利之本"。因此,那几年在职教育被提上日程。从1987年开始,地区检察院设立电大工作站,进一步推动全地区检察干警高等学历教育。院里大多数干警都参加电大学习,电大学习地点设在地区检察院,离得近,来去方便。只有我们前后两批招干的四人没有参加电大的在职教育,因为在此之前,我们考取了华东政法学院法律专业函授班。

在职教育首先要过专科学历这一关,我们那时上的就是函授专科班,学制三年。那三年函授学习比参加检察系统电大教育学习辛苦多了,但苦中有乐。每学期两次面授,一次二十天到一个月,在全省范围内分片设置面授点。从皖南到皖北,还有江淮之间,安徽的三个地理分段,几乎被我们的双脚踏遍。

关于我们四个人考取函授的学习费用问题,院里专门召开了党组会,经研究,决定在我们拿到毕业证后,给我们报销三年的学费,其余费用自理。由于我们上班时间不长,又都是刚结婚,经济相对紧张,因此,我们养成了每次住宿必讲价的习惯，专门挑选那些小旅店住，图便宜，好歹只是住一宿嘛，我们以此安慰自己。

养成了住宿讲价的习惯，也讲出了经验。那次去蚌埠考试，我们发现坐落在湖畔的体育宾馆正在装修中，认为这种情况下住宿肯定便宜，就走了进去。他们去讲价，我在外面看东西。我等了好长时间，见他们笑吟吟地走出来，一看就知道"有戏"。他们告诉我，说是装修期间没有客人住，经理答应只收我们半价。

我佩服得五体投地，真不简单，连经理都惊动了。他们说："不是我们有意去找经理，是经理恰巧在大厅，一听说话口音，就知道是砀山人。经理说他曾在国营砀山果园场工作了好几年，对砀山有特殊感情，于是就给我们'开恩'了。"

这是我们函授期间住过的最好的宾馆，虽然之后我们每走进一座城市，或参加面授，或参加考试，都在街上溜达，以期再遇到类似正在装修的好宾馆，可一次都没再遇到。小张那次正好提前到达蚌埠，住在了亲戚家，为此，没少埋怨我们，说好事都让我们摊上了，她没这福气。

蚌埠体育宾馆的建筑很别致，两间房的窗户中间只是一面高擎的砖头方柱，两间房的窗户都拉开，人抱住方柱可以自由来往。我跟他们打赌，说我可以随便到他们房间去。他俩头伸向窗外，看看十几层的高度，说我要是敢过去，晚上我想吃啥给我买啥。我抱住柱子，抬腿跨进另一个房间，抬腿又跨回来。

晚上，我们踏入小吃一条街，走进那条长长的巷子，在一家鸡汤、油饼摊前留步。我问老板有没有炒菜，老板说没有炒菜，但有一只煮熟的老母鸡，可以便宜卖。

我问多少钱，他说给钱就卖，就给五块钱吧。

我们也感觉便宜，只是不知道为什么这么便宜。我们三个还不太会做饭的年轻小伙子基本上都没有什么烹饪经验，脑子也不向这方面思考，明明人家是卖鸡汤的，却想不到煮过的老母鸡为何便宜。

老母鸡被捞出来了，真大，肥肥的，而且是刚从汤锅里捞出来，热乎乎的，只是它在汤锅里煮了很长时间，精华已被熬尽。我们大块撕鸡肉，撕下满满一小盆。鸡肉吃到嘴里，像木材块子一样食而无味。好在老板的摊点有大碗辣椒酱，小酌一口二锅头，蘸着辣椒酱吃鸡肉，仍然很香。结账时，老板看看被我们吃下大半碗的辣椒酱，开玩笑说："按讲，辣椒酱都该收你们钱的。"说归说，终归没收。

考上函授时，小张的女儿才出生几个月。每次外出，我们几个都像小品《超生游击队》里的黄宏一样，帮她肩膀上挎个大包袱，里面装的净是裤子、奶瓶、奶粉之类。那次去阜阳，从淮北乘火车，上车的人特别多，挤都挤不动。小张把孩子交给我抱，她自己先挤到前面，我紧紧尾随其后。她靠近车门时，自己不上，让我先上车，可其他乘客却顾不得这些，见空就向前挤。列车员见状，出面制止说："别再挤了，让背裤子的孩子爸先上车吧！"其实，我就是像对待自己的亲生女儿一样对待她家女儿的，因为她家女儿和我家女儿一般大，抱着她，也寄托了我对我女儿的一份牵挂。

背裤子、抱孩子这些事，大都是我干，另外两名同志虽然结婚了但没有孩子，没有带孩子的经验。但他俩在其他方面尽量照顾我，比如面授时，统一安排在面授点住，集体吃食堂，他俩从不让我去排队打饭。我坐在提前占好的饭桌前，逍遥自在地观看长龙般排队打饭的队列，直至他俩挤得汗流浃背，端着缸子走过来。

我虽然不排队打饭，但在吃饭这件事上，我们之间是有约定的。吃完饭，他俩把饭缸一推，走人。我提溜着饭缸、筷子去洗刷。洗刷完毕，把缸子用一根铁条一穿，背在肩后，带回宿舍，下次吃饭时，我再背回来，交给他们打饭。

我们实行的是"AA制"，从出发开始，每人拿出等量的钱交给小李。小李心细、勤快，甘愿承担我们四人的后勤工作。我们住宿、买饭票等所有花钱的事都由他统一掌管，因此我们戏称他为"当家的"。每次培训或考试结束，他都拿着小本本把此次所有费用开支向我们交代得清清楚楚。有一次，小李向我们公布开支明细后,小张开玩笑说:"苟富贵,勿相忘。假如以后我们中间有人在小李之前当了院领导,一定要选拔小李干办公室主任,他太称职了。"我第一个鼓掌,表示赞同。后来,我在我们四人中最先当上了院领导,却没能兑现承诺。

那时的函授很正规,两次面授,老师要教完在校生一学期的课程。授课老师也都是华东政治大学的教授,他们亲临面授。面授后,在规定时间内,我们把老师布置的作业做好寄往学校,授课老师认真批改每一位学生的作业,给出分数,折合后计入本学期期末考试中,不及格者补考。虽然每学期都有人补考,但补考毕竟是一件不光彩的事。我就有过一次补考经历……

这件事说起来很没面子,但也体现了那时函授学习的规范性。这次年终期末考试,就是在蚌埠体育宾馆住宿时。清早,吃过饭,我们结伴去考场,我穿了那件军式检察大衣,是第一套大衣,毡绒棉胆,很厚也很沉,预备住宿条件差时,晚上睡觉可以盖身上,结果住了好宾馆没用上。我摘掉肩章,把它作为便装穿。去考试时,大家手里都拿着书,临近考场前翻翻。考场规则里明确规定严禁把书籍带入考场,可我还是依仗大衣宽大肥厚,把书装进了大衣口袋里。考试时,那件大衣穿在身上,写起字来怎么都不方便。我索性脱下,挂在座椅上,结果大衣还是被我不知不觉中晃到了地面。我的座位挨着走道,大衣落地,监考老师捡起来,同时也触到了口袋里的书。监考老师把书从我大衣口袋里掏出来,放在讲台上,拿回一张表格,对照我的考号,在我的名字前面画了个圈。

我仍然坚持认真地考下去,因为监考老师并没有没收我的试卷。我抱着侥幸心理,认为虽然我把书带进考场了,但毕竟没看,事已至此,考完再说。考试结果寄来了,我的那门课是零分,同时信函里还夹带了一张补考通知书。当时,我感觉很委屈,后来细想,怨谁呢?是我违反了考场纪律,这是我应当承担的后果。补考通知书上写的补考地点设在省司法厅教育处,我一看到这个补考地点,就想到不可能仅仅是补考这么简单。于是,去补考之前,我认认真真地写了一份检讨,装在包里,防止到地方再写,天寒地冻不方便,影响考试。

我真聪明,现实和我想象的完全一样。省司法厅一名同志在补考前召集我们八个人开会,要求缺考的同志写出情况说明,考试不及格及作弊为零分的同志各自根据自己的情况写出书面检讨。我是第一个把检讨书交上去的。

直至毕业,虽然我们一次都没有跨入过华东政法学院的大门,但我们仍然可以骄傲地说:"我们是华东政法学院毕业的。"

感谢华东政法学院,感谢华东政法学院的那些教授。他们不歧视我们这些函授生,像对待在校生一样对待我们的每一门学科,给了我们一次系统学习法律知识的机会。

出差归途

那次院领导坐"北京"吉普去地区检察院办事,我搭乘顺风车去送报表。回来路上,进入砀山地界不久,司机最先发现前面两个骑自行车的人是院里派驻曹口劳改场的老宋和老冯。

那个年代,单位里的老同志几乎都有外号,车里坐的都是老同志,他们之间可以随便称呼。在吉普车没有撵上他们之前,他俩外号的由来成了车内人们的谈资。我只有听的份,绝不会插嘴。

我该怎么做?车子里已经坐满了人,不坐满人也不行,他俩各自骑一辆高杠大架的自行车,没法捎带他们。我已记不得他们骑的是什么牌子的自行车了,反正不是"永久""凤凰"或"飞鸽"之类,那些是名牌,买名牌自行车要凭票供应,检察院能骑上这三种名牌自行车的人很少。距离县城还有二十多公里路程,我在想:我要下车,我应该下车,我必须下车,我应该从他俩手中接过一辆自行车.至于接替谁的自行车,我没有想好。

没想好就不想了!已经到了刻不容缓的地步了。眼看吉普车就要与他俩擦肩而过,我要是再不说点什么,擦肩而过的那一刻,仅仅是吉普车减速,挨窗而坐的人摇下玻璃,彼此摆摆手罢了。

我说:"师傅,停车!"

我说这话时,吉普车正好与他俩的自行车并行。车停下,后排靠窗的人先下车,我跟着下来。没有人说什么或问我为什么下车,似乎车上所有人都猜到了我为什么要让司机停车,也许他们都认为我就应该这样做。

两辆自行车并排停靠在路旁,老宋和老冯停好车子,忙着掏烟,彼此互敬,嘘寒问暖,夹带着几句调侃。

司机师傅问:"小杜下车了,你俩谁上车吧?"

老冯首先推辞,他说:"老宋坐吧,我今天不去单位了,直接回家。"老宋比老冯年龄大,老冯只有这样推辞。老冯是"一头沉"的检察官,家属在农村,但离县城不远。

老宋没推辞,说:"好吧,我上车。上车和你们几个老家伙唠唠嗑。"

车子临开动,老宋没忘从车窗探出头来,嘱咐我:"小杜,骑回去别忘了把车子给我送回家。我家住看守所东边第二个巷口,一直向北走到底就是。我让你婶子擀好面条,等你吃饭。"

我陪老冯骑行。老宋的自行车没有老冯的车子好,骑上去吱吱扭扭乱叫,车链子还有点滑轮,时不时"咯噔"一下。不过,骑过一段路程,习惯了,就不觉得了。

我称呼"老宋""老冯",大有不敬之嫌,但我实在不知道该怎么称呼他们好,那段时间他俩没有职务。曹口劳改场设立驻场检察室是我上班后的事,省院来文件,要求砀山检察院设立派驻曹口劳改场检察室,给三个编制。对派驻人员除要求政治、业务条件外,还附加一项特别待遇:派驻人员家属、子女可转为城镇户口。

院党组经过慎重研究,征求三位同志意见,决定让他们去。这三位同志都是家属、子女不是城镇户口的老同志,院里是从优厚待警方面考虑,才不得不这样决定的。《关于设立曹口劳改场派驻检察室的报告》是我打印的,同时打印的还有一份任命老赵同志为派驻检察室主任的材料。消息传到老赵那里,他抖动着双手真诚地说:"别什么主任不主任的了,论资格,他俩是新中国成立后就从事检察工作的人,比我资格老;论年龄,他俩都比我大几岁,是我的老大哥。三个人在一起搭班子做伙计,把工作做好就行了。"

冯主任原是我的直接领导,和他一起骑行我无拘无束。一路上,我从他那学到了许多之前我不熟悉、不知道的知识,不但了解了派驻劳改场检察室的工作职责,还知道了检察机关对监狱、劳改场及看守所实行法律监督的历史渊源。

冯主任告诉我,从新中国成立后设立检察机关开始,对监狱劳改场的法律监督都是检察机关的一项重要职能。砀山检察院从1953年就有了司法监督组。说这话时,冯主任抬起一只手,向我伸出三个手指头说:"那时全院才分三个组,法纪监督组、司法监督组和秘书组。司法监督组的工作职责就是对监狱、劳改场所进行监督。"

之后,他又告诉我,到1956年,检察院的内设机构进一步细化,分五个组。他一边想,一边骑自行车。他伸着手指算了算,然后自信满满地对我说:"五个组,分别是审查和一般监督组、侦查监督组、审判监督组、劳改监督组及秘书组。"五个内设机构,却专门把劳改监督单列,很显然,对监狱、看守所的监督被放在一般监督里了。由此可见,在那个年代,对劳改监督场所的监督是检察机关一项非常重要的工作内容。

我不得不佩服冯主任超强的记忆力!但我又想,这不仅是记忆力好,更是一份历经风雨见彩虹的心情。命运,可以给记忆留下浓重的色彩,像一壶茶——用情感冲沏的茶,经历翻滚、起伏,然后冷却、沉静,起起伏伏、欣喜狂悲的人生终归于得失随缘的平淡与寻常。

我问:"那么,为什么我们到现在才设立派驻曹口劳改场检察室呢?"

冯主任没有正面回答。他反问我:"你知道我们砀山果园场以前是什么地方吗?"

我摇头。

他说:"果园场建于1955年,起初是安徽省公安厅组织劳改人员劳动改造的地方。它先后归属过省公安厅、南京军区,后来隶属省农垦厅。我们检察院1961年就在国营砀山果园场设立派驻检察室了。"

"这么早!"我惊叹。直到现在我还在想,它一定是中国检察发展史上派驻最早的检察室之一。不觉天已黑,我俩也已骑行到达县城。我问冯主任:"你还回家吗?"

冯主任笑了。他说:"从曹口劳改场到检察院五六十里路,我俩吃过中午饭就开始骑着破自行车往回赶,累一下午,我还回家干吗,不在这好好歇歇?"

冯主任在木楼有一间屋,他执意不让我先去宋科长家送自行车,留我吃过饭再去。他半开玩笑地说:"老宋一定想不到我们已经骑回来了,就凭他那辆破自行车和他那副哼哼歪歪的劲头,俺俩再过一个小时也骑不回来。"

冯主任会做饭,就在他那间屋里,他给我炒了醋熘白菜、土豆丝,还买了五个馒头,我一人就吃了三个。

饭后,我去给老宋送自行车,他非让我吃手擀面,那是他家属特意给我做的,留了半锅。可惜,我已吃过饭,只能勉强吃一碗。

画书证

我翻阅许多反映检察发展史的图文序书,很少见到有关"画书证"的记述。是它实在太过平凡,平凡到不值一提,还是它太过原始,原始到与现代检察理念格格不入?无论怎样,我都想写它,把这段被岁月沉积遗忘的经历再翻腾出来,罗缕纪存,让它不会在未来的检察词汇中彻底消失。

那是我参加检察工作后的一段亲身经历,是那个年代作为书记员必备的一项基本技能。简而言之,就是随手画鸦,比着葫芦画瓢,至于画得好与坏,取决于制作者的态度。

"平凡造就伟大"这句话用在这里虽有点夸大,但愈是平凡的工作就愈能体现一个人的工作态度,"画书证"便是如此。

一

我第一次跟着经济检察科科长做助手参与办案,是查办县某棉种场案件。科长虽然只是高小毕业,但几十年的工作经历,使他积累了丰富的工作经验。他办案很会抓"案眼",能从繁乱的证据中找出关键证据。

科长和税务人员一起查阅账本,每发现一张有疑点的发票就叠角后交给我,让我复制一份。那时所说的复制和现在所说的复制意义相同,但制作过程和制作结果截然不同。现在只需拿到复印机上摁动开关就能得到一份与原发票一模一样的复印件,而那时却需要用笔在纸上画出来。

说实话,我已不是第一次绘制发票,在此之前协助其他承办人办案时也画过,不光画发票,也画合同样本、借条、信函,诸如此类。我依仗小时学过美术,纯凭手上功夫,像漫画家刻意画出变形的方和圆,特别是印章里的文字,常常从大句号一般的扁圆圈里打出箭头,在纸张空白处补充文字。

办案人员没人刻意评价过我画的那些书证,没人夸我画得好,也没人批评我画得差。我就这样自以为是,以我特有的笔触用漫画般的线条画了一张又一张。这次情况却不同了,科长查账查累了,掏出一支烟,身子斜靠在椅子上。烟吸完后,他打个哈欠,一只胳膊伸向我,说:"我看看你复制的发票。"

我很自信地把已画好的那部分从胶合笔录纸上撕下来,递给他。我自觉很聪明,用的是笔录纸的背面——背面没有横格线干扰,看起来更清晰。科长草草过目,神情立马变得严肃起来,脸拉得老长,一点没给我留面子,毫不留情地责备我说:"你要是再年长十岁,我就不说你了,可你还年轻,就凭你这工作态度,你以后能独立办好案件?"

开始时,我怀疑科长是不是在说我,看大家都在看我,我才确定科长肯定是从我画的书证里引发出话题。我不由得停下手中的笔,怔怔的,犹如兴致正浓时被人当头浇了一瓢凉水,好长时间没回过神来。

科长起身走到我跟前,指着我画的发票说:"别的我不说了,我就问你,你画的线条骑着边线,以后怎么装卷?"说不清是委屈还是内疚,反正一股酸酸的痛楚即刻从心底往上翻涌,我强忍着把泪水咽下去。

这时,我眼前突然浮现一幕:我前任内勤的办公桌上,时常放着一个文具盒,里面有直尺、三角板、圆规、橡皮之类。我终于明白,那不是他儿子的上学文具遗忘在了他的办公桌上,而是他外出办案时装在包里的办案工具。我开始后悔起来,后悔自己粗枝大叶,做事不够认真。我抬起头,看到办公桌上放着现成的直尺,便起身拿来,撕掉画过的所有张页,推倒重来。

老科长久久凝望我,送我一副温暖微笑的表情。我心里彻底释然,静如水,认真画好每一横、每一竖,借助印色纸画出一张张发票框架,之后再填充内容。

二

那次随科长办案,教训之所以深刻,是因为在认识到自己的缺点后又感受到了改正前后之差距——用直尺规规矩矩画出来的发票一目了然,清晰可见。书证画好后,我叫来场部财务科长与原件作比对。他紧抿嘴唇、频频点头的神情和动作,分明是对我的工作态度的赞许,只是他没看到两个小时前我画的发票是什么样子。

财务科长比对无误后,问我是不是在复制件上写上"属实"俩字,然后再盖上印章就行了。我说不行,我要求他在每一张复制发票下面都写上"经核对,复制件与原件相符,原件存于某某场财务科某年某月某日某某号财务凭证"的字样。我在绘制每一张发票时都留好了签字处,因此,财务科长的签字、盖章也规范。

回单位的路上,我的心情逐渐躁动不安。我以前随其他承办人办案,画的书证是简单地签了"属实"二字还是签得很具体呢?可我没有想到刻意留出签字的位置呀。为了"画书证"这件事,我找案件承办人查阅了自己参与办理的每一起案件卷宗,更重要的是想看看我画的那些书证他们是怎么入卷的。

没想到,这一看,让我头脑发胀。的确,如科长所言:以后怎么装卷?原来承办人在装卷时又附了空白纸,把我画的书证粘贴在上面,所画书证多出的部分再折叠在卷宗里,签字也是有的规范,有的简单。看看那些简单签了"属实"二字的复制件,大都是因为我没在复制件上留出足够的空白处。

这就是我工作态度随意所造成的后果,虽然没有因此而受到批评,却已让追悔莫及。

我又去档案室,翻阅别的同志办理的案件,发现有些老同志在办案时,故意避开"画书证"这一环节,采取另一条途径取而代之。他们采取列举式文字记述,把每一张发票的相关科目内容都记载在一张纸上,让被查单位盖上印章。我不敢对这样的书证是否合规妄下结论,但最起码在那个年代是可行的,因为法院采信了。

原内勤办理的每一起案件,书证都是他亲笔绘画,特别是财务发票,画得惟妙惟肖。发票上印制的字体,他用细笔工笔正楷仿写,人为填写的字体用稍粗笔尖的钢笔书写,看上去,俨然就是复印件。后来我与他搭档办案近十年,他改变了我许多。确切地说,是他影响了我、感染了我,在一案一事、一言一行中,我从他身上学到了不少东西,包括办案技巧、工作方法、工作态度等。

一次,我俩一起出差办案,复制一份购货合同。我找到两张空白纸,正在誊抄,他摇头示意我停下。他对公司人员说:"请你们找一份公司的空白合同来,我们有用。"公司人员很不情愿,推说合同是专人管理,找不来。于是,他又去找公司经理,终于找来了空白合同。他亲自执笔,在空白合同的文头处写下"此件为复制件"的字样后,工笔正楷地模仿原合同誊抄每一行、每一个字,特别是有一处改动的地方,他更是模仿得近乎一模一样。离开办案地点,他对我说:"这份合同证据很重要,抄写容易混淆视角,所以要用合同件,这样更清晰。"

三

事实证明,那份合同证据真的很重要,就从那一处改动的地方,我们打开了整个案件的突破口。

像这样的证据,在现在不但要复印,还要拍照,甚至制作提取现场录像,但以上三个程序,那时一样都不具备。单位有照相机,只用在现场勘验等特殊场合,像这样大量复制书证的事,基本不用,也用不起,成本太高。

第一次接触传真件,是那次我们办理一起职务侵占案件。开发商的总公司在深圳,案件快要侦查终结时,需要总公司对子公司有关人员的职务任命文件。总公司那边来电说要发传真,可我们单位没有传真机。怎么办?我们派人去邮政局接收传真。传真拿来,既没经办人签字,也没加盖总公司印章,这样的传真件能不能作为证据使用?大家经过讨论,都认为不行。最后决定,先把这份传真件手工复制一份放在卷里,不影响案件移送审查起诉,同时由办案人员在发来的传真上签字写出说明,再把传真件寄给总公司,要求他们签字并加盖公章后寄回。

直到20世纪90年代,县城隅子口开办一家复印社,这是全城第一家复印社,为新设立的反贪污贿赂工作局办理经济案件提供了莫大帮助。那年,我被抽到县"三查办"协助工作,任务是清算县里三家工厂的账务。那次清算,发现十余起案件线索,后来反贪污贿赂工作局的同志全都参与进来了。如果没有新开的那家复印社,面对那么多需要核查的发票,单靠"画书证",真是不堪重负。

复印社生意好,门口一直有人在排队,好在税务局是"三查办"的成员单位。派出工作组组长安排我和一名税务的同志去那家复印社协商利用晚上复印有关账务发票的事。于是,晚上九点以后,复印社关门停业,专门为我们服务。这是必须要做的保密事项,发票掌握在我们手里,老板只管协助复印。复印完,把账本带走,每一张复印不成功的纸张都要带回销毁。那次复印时,我的任务就是在复印件的空白处记下该复印件复制于某年某月某日的凭证。

不久后,我去常州外调,当地检察机关派车派人配合协查,有一份书证需要复制,协查人员让我们把书证带回检察院复印。那时,江浙沪一带的检察机关各业务部门都已配备复印机,我不禁由衷感慨:经济发达地区的办案条件就是不一样。那一趟外调,沿途查了几个材料,一来一回,半个多月。回来后,我给其他同志讲述在外地检察机关的所见所闻,不料有同事告诉我:"在你出去这半个多月里,我们单位也安装了复印机,还有传真机。"也就是那次出差归来,我们彻底告别了"画书证"的时代。

举例笔录

一

　　笔录,是法律行业中的专业术语,是记录证人、犯罪嫌疑人详细身份和话语的文字。自古以来,我国是以"笔录签字画押证据"为主要证据。如此一幕,在古装电视剧中经常可以看到,如《大宋提刑官》等。

　　在检法两家工作的同志,谈起某位公安警察,或在法院工作的同志相互间聊天说起检察院某某,即使没见其人或根本就不认识其人,也有评价的发言权。凭什么?凭笔录,凭字迹。或曰:这人做事认真,有板有眼;或曰:这人马大哈,笔录里有不少漏字、错字,看一本卷宗,差点弄瞎我的眼。未见其人,却把其人刻画得极为准确。

　　如此环境下,人们习惯于从笔录透视一名执法者的执法态度。

　　那年,我负责办理一起贪污案。虽然是两人问话,可大部分笔录都是我一人记录。说实话,我字写得并不算好,却又喜欢龙飞凤舞,说到底,就是瞎画。

　　那时,经济检察科已经更名为反贪污贿赂局,自侦案件取消了"一竿子到底"的办案模式,依据新修改的刑事诉讼法之规定,采取逮捕措施要向批捕部门提请。批捕科新调进的马检察员审查我办理的这起案件。中午下班时,她碰到我说:"我正想找你,你下午有时间吗?那起案件有些问题我想请教你一下。"

她说话很客气,我以为是在证据或事实认定上有分歧,自以为这起案件从各方面来说,提请逮捕应该没问题。虽然谦和地答应,但我心里仍有一丝不快。

下午,她拿着卷宗走进我的办公室,卷宗里夹着两张密密麻麻写满文字的纸。她说:"没有大问题,主要是有些字我实在是认不出来,请教你一下,不然,我的审查批捕报告不好写。"她没有刻意让我看那两张纸,那是她自己给自己做的标记。她没有在卷宗笔录上给我画圈做记号,而是把认不出的字连同那句话及页码写在纸上,以便与我交流。

她的那两张纸到底还是被我看到了,字迹像钢笔字帖一样娟秀而工整,入木三分。我不觉羞愧起来,很不好意思,只好老老实实地帮她辨认。时间久了,有些字,我自己都不能很顺畅地辨认出来。这件事,让我感慨良多。虽说字迹是一个人长期习惯所形成的,不可能立马彻底改变,但从此之后,我尽最大努力改变自己的书写方式,最起码不再"狂草"。

对于法律人来说,在每一起案件的办理中,笔录的重要性是不言而喻的。1984年参加高考招干,按照招录条件要求,报名后,审查合格者要参加面试。面试在县检察院进行。地区检察院来人面试,第一项内容就是听录音机并随着播音记录,考察有没有当书记员做笔录的能力。

砀山共有二十多名符合条件报名参加那次招干的人员,都是高考落榜生。我们集中在木楼二楼最西头那间大屋里——后来知道那是刑事检察科。最前面的一张桌子上放一台那个年代极为流行的收录机——大街上穿喇叭裤、留长发的烫头小青年提在手里的那种。地区检察院人事科段科长讲解考试规则后,同行的小黄摁下开关按钮,收录机播放了一篇法制短文,我们每个人都在随着播音记录。我虽然字迹潦草,但书写速度快,播音停止,马上交卷。许多人手中握着雪白的纸迟迟不愿交,他们一定是嫌播音速度太快了,记录没跟上。

好事往往也能变成坏事。

小黄拿到我的记录时,只低头看一眼,马上抬起头来,向我微笑着点点头。他那表情,很显然是对我答卷的认可,同时也给我吃了一颗定心丸。后来小黄调离检察机关,离开宿州,我再没见到过他,可我一直记得他那带着两个酒窝的甜甜笑容。也就是他那不经意间的一个鼓励与认可的微笑,模糊了我对书写字迹潦草的认知度,把错误观念坚持好几年。直至马检察员认不出我笔录里的字,大胆地找我询问,才让我下决心改掉在问话笔录中存在的不良习惯。

笔录不是艺术,评判笔录好坏的标准也不是它的美观度,而是与笔录所承载的文字内容息息相关,如是否抓住了问话要点,是否体现了问话人意图,等等。

以前听说某地办案机关开展问话笔录评选活动,我诧异于这一标新立异的活动,心想:问话笔录算不算法律文书?能不能把"问话笔录评选活动"理解为"优秀法律文书评选活动"的扩展与外延呢?但无论怎样,评选者自有自己严格的纪律要求及评判标准,无须多操心。最起码,这样的评选活动,足以体现评选单位对笔录重要性的认识。

二

笔录是案件的载体。

庭审记录是一种法定的诉讼文书。

庭审记录不但是法定诉讼文书,还具有"公共权力"属性,其法律位阶依据仅次于《宪法》。它的法定"渊源"来源于《刑事诉讼法》《民事诉讼法》《中华人民共和国人民法院组织法》,这三部法律,都是由全国人民代表大会制定的。

庭审笔录由法定公职人员做出,其内容涵盖了审判人员的整个庭审活动,对当事人的权利产生直接的实际影响。换言之,判决可能被改判或撤销,庭审笔录却不能主观地重复做出或随意更改。因此,人民法院对出庭书记员的记录水平要求很高;书记员也深知庭审笔录的重要性,记录时,始终保持一种严谨而认真的态度。

　　检察机关的书记员没有如此切身体会,是因为问话笔录为记录者留有弥补的空间。那时汇报案件,常会遇到这样的情况:办案组两人或三人参加,主办人汇报,案情汇报到关键环节时,领导有让随行记录人念笔录的习惯。领导说:"这一部分对案件很重要,笔录是怎么记的?原汁原味地念给我听听。"当然,有时领导也会让记录人把笔录找出来,自己看。这一念、一看,问题出来了,有的问话笔录遗漏了关键词句,有的甚至忽视了至关重要的几句话。

　　每遇到这种情况,案件主办人就会无奈地摇头,说:"这几句话我问到了,还是重点问的,咋没记上呢?"不过,是官都有护兵的本性,仅仅是叫一句冤屈,马上就会改口:"也怨我,没与记录人提前安排、沟通好,我们马上再去找当事人问话,重新做笔录。"这是时间宽裕,要是法定的办案期限已到怎么办?还有,要是当事人有了什么意外,缺失这部分证据不是可惜了吗?

　　在一次业务培训时,听老师讲述某地的一个案例:案件办案人员做完笔录,交由被问话人查看,被问话人看完笔录,按要求在笔录下方签字。被问话人提笔在下方写道:"以上笔录看过,和你说的一样。"乍一看,这是通用的签字语句,没问题,但仔细一看问题就大啦。把"我"字写成了"你"字。可以说,这是被问话人故意所为。当被问话人转换成为被告人走向法庭时,在法庭上,法官问被告人侦查机关的指控是否属实,被告人说:"有一项指控不实,事情的经过不是那样的。"法官问哪一项,被告人一口就说出某年某月某日的那次问话。法官翻到这份问话笔录,瞟一眼笔录下的签字,看被告人签写得很规范,便问:"既然不实,你为什么要签字?"被告人说:"有一个环节和我说的不完全一样,所以我签的是'和你说的一样',而不是'和我说的一样'。"幸好,被告人只是出于发泄心中不满情绪的目的,才开了个令在场所有办案人员都尴尬的玩笑。好在他所指出的那个环节并不影响案件定性。这玩笑开得真是"恰到好处",足以让所有的公检法办案人员引以为鉴,自警自省。

随着科技的发展、电脑的普及,用电脑制作笔录已十分常见。

电脑笔录,规范了笔录制作,不但节约诉讼成本,提高诉讼效率,而且直观整洁,一目了然,再也听不见法官惊呼"看一本卷,累瞎我眼"了。每次参与评查案件或参加检委会讨论案件,看到一份份电子笔录呈现在眼前,心中难免生出一份"日暮乡关何处是,烟波江上使人愁"的伤感。崔颢心里的那个大大的问号在眼前晃来晃去,晃得我不得不感叹:岁月催人老。

我甘愿在高科技面前望而却步吗?其实,即使不停步,慢跑终归也要被科技与智能淘汰。

传统的工作方式容易形成习惯,但打破它并不难。追求新生事物本就不是一件容易的事。在这个你还没准备好静下来做一件事而另一件事就迎面而来的快节奏年代,如果不能从一开始就养成一种严谨的工作态度,你只能在各种各样的错误与问题中跌跌撞撞。由此,全院开展一次规范法律文书大讨论活动。

在我调到市检察院的十余年间,特别最早几年,我常常去各县区院检查案件质量情况。我不得不感叹案件质量高,很难再从鸡蛋里挑出骨头了。每每眼前就会浮现出木楼里那个年代的卷宗与笔录,还有我龙飞凤舞、让人很难辨认的笔迹。

可能是怀旧,在怀旧的那份心结里总想为自己找出一份挑剔的理由。我在想:现在已进入电子笔录时代,承办人问话之后,被调查人或嫌疑人阅看笔录,不认同的地方,鼠标一点就在电脑上改过来了,要求增加的内容,同样鼠标一点就加进去了。那么,怎样才能留住被调查人或嫌疑人想改动的那部分内容呢?

以前的手写笔录里这部分内容清晰可见,有时它是案件承办人研究案件当事人心理的最好的参考依据。特别是搞职务犯罪侦查那些年,我就爱研究对犯罪嫌疑人的讯问笔录,看他最在意什么,最想强调什么。

如今的笔录,再也难寻到那部分添加的文字了。

漫谈举报

一

我刚上班时，检察院还没有设立控告申诉检察科，信访工作归办公室负责。

县政府的信访办公室设在大门东旁两间小屋里，位于检察院斜对面。站在二楼窗户前一眼望去，门前总是萧条，不见人进出。县信访办公室的工作人员走内门，所以就更显其"门前冷落车马稀"了。如果不是领导让我去信访办帮忙拿材料，我在政府食堂吃饭那么长时间都不知道那两间屋是干什么的。那时的信访是实实在在的"信"访，接到的都是来信，很少有人来上访。

1986年，院里设立控告申诉检察科，两年后，控告申诉科又挂出"经济罪案举报中心"的牌子。反贪污贿赂工作局是1990年设立的，其前身是经济检察科，在"举报中心"前自然就加了定语"经济罪案"。

控告申诉检察科设立后，院里腾出一间房，作为接待用房。那间房，有沿着长长巷口转入木楼的最后一扇窗户。办公室负责信访同志的办公桌就放在窗户下。有生人过来，在转入木楼大门之前，隔窗就能判断出是信访人还是木楼住户人家的亲戚，若是信访人来了，就开门迎接。

别说,控告申诉科设立后,相比于信访工作属办公室管理的那几年,信访户真的渐渐多起来了。当大家都聚在二楼办公室,等煤球炉上大铁壶里的水烧开时,有位老同志趴在二楼窗户上看到楼下有上访群众,他分析说:"这得益于县政府信访办公室的同志,我们离得近,他们知道我们设立了控告申诉部门,把属于我们和不属于我们的信访户都推到我们这来了。"

他们错了吗?应该说没错。检察机关是国家的法律监督机关,不但有法律监督权,也有行政监督权。自现代检察制度产生以来,检察机关就代表着国家利益和社会公共利益,控告申诉科的几位同志确实把认识提高到这个高度了,他们也是这样做的。有农村五保户来,他们会搀扶着送到民政局;有要打官司的来了,他们接待后转交到法院;有邻里纠纷,他们有时还帮助调解……

二

鉴于严惩严重经济犯罪的需要,1988年10月,检察院成立"经济罪案举报中心",举报中心与控告申诉部门是两块牌子、一个机构。

举报中心的牌子就挂在控申科门沿旁紧靠窗户那个位置,不宽不窄,正正好好,好像木楼始建时就考虑到日后这门沿要挂两块牌子。窗户和牌子应该面向谁?自然是应该面向群众,可有那堵高高的围墙遮挡,挡住了群众的视线。有人提议,把围墙扒掉。都什么年代了,还要把本该面向群众的机关单位,用一堵高高的围墙隔出一条不足两米宽的巷子来?

围墙终于被扒掉了!木楼与人行道只有两米距离,窗口直接面向大街,不仅光线和新鲜空气可以进入室内,从室内也能看到外面的风景。

假如它是栖息之所,也许主人不尽满意,毕竟改变了相对独立的小环境,融入了外界的侵扰中,但它恰恰是群众利益的保护者,改变的不是生活质量,而是工作质量。渠道畅通了,往来方便了,在此后若干年的"时间窗口"中,砀山检察院多次被评为"窗口单位""窗口示范单位"。

1989年8月,经济罪案举报中心挂牌十个月后,按照中央指示,"两高"发布《关于贪污、受贿、投机倒把等犯罪分子必须在限期内自首坦白的通告》。通告发布后，院里专门抽出那辆"通工"汽车交给控申科。车子装上大喇叭，车前边固定一块贴有通告标题的木板，每天穿行在城里与乡镇的街道上，发传单，做宣传，甚至把桌子搬到木楼外，接受群众的举报和咨询，接受犯罪分子投案自首。

那一年，宿县地区检察机关共受理各类经济案件线索294件(条)，立案侦查183件，是检察机关恢复重建十年来办案数量最高、成效最大的一年。我已记不清那一年砀山检察院共立案侦查多少起经济犯罪案件了，只记得那一年，我们立功了、受奖了，被评为先进集体。也是在那一年，群众知道了检察机关有个举报中心，举报犯罪就去检察院。

那几年，人民群众早对腐败恨之入骨，盼望中央痛下决心，掀起一场"惩贪倡廉"大战役。这场战役来了，而且中央动了真格，让人民群众看到了战役的辉煌战果。数以万计的犯罪分子携带赃款、赃物走上向人民坦白争取从宽处理的道路。托乎提·沙比尔、李瑞、梁湘等一批高官落马，而那些负隅顽抗者，陆续受到法律的严厉制裁，有的甚至被送上断头台！

这是一次打击经济犯罪的高潮，高潮过后举报数量明显下滑，像有山峰必有山谷一样。举报下滑，打击经济犯罪的声威不能减弱，怎么办？找米下锅。作为经济检察科内勤人员，那年，我第一次把"巧妇难为无米之炊"这句俗语写进了年终总结里，借以说明我们是如何在举报量下滑的情况下摸排案件线索的。

摸排线索成了全院的一项重点工作，全员动员，人人参与办理经济犯罪案件。刑事检察科、民事行政检察科、人事科、办公室都抽出人员办理经济案件。两人一组，走乡镇，进企业，去火车站货场查询购货大票，到"三查办"了解相关情况，硬碰硬地完成了动员会上提出的"势头不减、干劲不减、成效不减"的任务要求。

三

20世纪80年代严厉打击经济犯罪时期,检察院和县委、县政府大院门口都挂起了举报箱。上下班,大院里出出进进的人都要仰头或回头看它一眼,像是看一个怪物。的确,那个始终抿着嘴、方方正正又不苟言笑的家伙,看上去是有点瘆人。

不知道大院里的人走进办公室或下班回到家后有没有议论过这事,反正这件事在检察院内部引起了一番热议。有人说,我们这样做有点过了;有人说,让控申的人去摘下来吧。说是说,好长一段时间,举报箱一直挂在那里。更让人不可思议的是,举报箱悬挂期间,大院里先后有两人真的落马了。

不知道这两人落马,是不是举报箱立下的汗马功劳。

其实,举报箱设在政府大院门口,那是一种庄严与神圣!

史籍记载,早在远古尧舜时代,宫殿门口就有了让老百姓议政的"诽谤木",供百姓在上面刻写意见,向执政者进言或表达诉求。"诽谤木"后来被称为"华表",立于宫殿门前,这是举报箱的前身。"即应生羽翼,华表在人间",华表以一种望柱的形式出现,富有深厚的中华传统文化内涵,散发出中国传统文化的精神、气质和神韵。

战国时期,主持变法的法家代表人物李悝就帮助魏文侯建立了举奸揭凶、惩污治吏的举报制度,在人们不常到的僻巷设立一个圆形的筒,上方留一小方口,以便检举人将写有揭发内容的竹简塞入筒内。

举报箱被广泛应用,功劳当之无愧属于西汉名人赵广汉。他制作的"状如瓶"的举报箱,在各地悬挂,并张贴告示鼓励民众投书举报,保证为黎民保密。赵广汉收到很多举报线索,组织力量及时查处,从而使奸党受到惩治,社会得以稳定。之后,晋代的表木、南北朝的谤木函、唐朝的铜匦,可以说都是举报箱的前身。历史的内涵不可能是几个举报箱所能容纳的,获取情报的目的与维护封建王朝自身的统治是分不开的,但在一定程度上也起到了反腐败作用。

1931年，中华苏维埃共和国临时中央政府在江西瑞金成立。成立之时，政府工农检察部就挂出了举报箱。那是一个小木箱，正面用毛笔工工整整地书写着三个大字——控告箱。这一文物现存于中国国家博物馆，它向人们揭示了我们党始终如一的反腐败的决心。

四

真实可靠的举报材料是反腐败工作得以有效开展的一个重要条件，它像穿越丛林的行军者的引路人，可以少走弯路，事半功倍。

在反腐大潮中，举报人与被举报人大多不是对等关系，被举报人自然不选择诬告举报的法子，而是选择更直接并能短期见效的办法——打击报复。如何才能保护举报人的切身利益，真正做到为举报人保密呢？在制度的笼子没有收紧完备的年代，让人首先想到的就是领导层层批转举报材料，一级批转一级，不但中间环节有泄密风险，最后举报材料还可能落到被举报人手里。

当然，举报材料的保密性是每一个环节、每一位涉及举报材料的人员都应具备的意识。那几年，大家的保密意识都不是太强，贪图方便，外出办案时，所有尚未装订的案件材料都夹在一个卷宗皮子里，装包就走人。没办法，经济案件关联性强，找一个人问话还时不时要与其他人的问话材料相比较，似乎不带卷不行——这是那个时代的理由。在我担任反贪局长时，我想到一个办法，将举报材料交与办案人员看阅后，办案人员依照举报摘录办案有关内容，所有举报材料仍然交由内勤统一保管，直至案结装订卷宗时，再领回入卷。这个办法并不是确保举报材料不泄密的绝对办法，也许它只能起到杯水车薪的作用。

那年，看到河北省委书记程维高打击报复举报人的报道，我感慨良久。他之所以能对揭露他部下和他本人腐败行为的正直干部进行残酷的打击报复，还把报复的黑手伸到中央，对查他部下的信访干部进行诬告，源于什么？源于领导个人权力过大，权力没有规范和界限。

程维高制造的打击报复案，是社会的悲哀，也是司法机关的悲哀。他动用司法机关成立专案组，在长达三个月的时间里，对举报人进行法西斯式的刑讯逼供。当司法被长官意志所"绑架"时，不仅法官、检察官、警官的形象和声誉受伤害，也会让老百姓失去对司法的信任，更会让法律失去应有的尊严。

螳螂"怒其臂以当车辙，不知其不胜任也"。现实社会中，往往就有一些人明知不自量力，却仍然去做办不到的事，结果必然失败。

一次特别调研

那年冬季，安徽省人民检察院反贪污贿赂局的局长来我院调研。我之所以对这件事记忆深刻，是因为领导来，我们没有一点思想准备。

那天下午临近下班时，地区检察院打电话到我们砀山县检察院反贪局，说第二天有省院领导到我们院调研反贪工作，反贪局的同志不要外出。就这么一个简简单单的电话，既没说谁来，也没安排如何接待，甚至连调研方式、内容都没说。接电话的又正好是一名年轻人，缺乏工作经验，也没主动问。接电话的年轻人把这一消息告知了老局长，老局长再把这一消息告知老检察长，信息更少了，只说明天省院来人搞反贪工作调研，问他能否参加。好在检察长第二天没有会议，爽快答应了。

第二天，大家都没外出，上午九点多钟，省院局长在地区检察院反贪局领导的陪同下到达我院。现在想想，从宿县地区到砀山约160公里，那时没有高速，开车走省道、县道，中途还有好几处乡镇集市设在道路上，他们一定是为了避开乡镇集市堵车，六点之前就出发了。

听地区检察院陪同领导介绍省院来人是反贪局局长时，大家都吃惊了。老检察长和老局长更是不知所措，连连说："这么远的路程，你们昨天下午来就好了。"省院局长一边与大家握手，一边说："昨天下午在地区检察院调研后,临时决定的。"

木楼没有会议室,平时院里开会都是在反贪局,这次也不例外。大家各自让出座位上的椅子,然后张罗着去其他科室借椅子。反贪局一直以来都是全院人数最多的部门,所以一直占用着整座木楼最大的房间。怎么说呢,据说当年老县委、县政府在这座楼里办公时,这就是会议室,是我们占据了本可以作为会议室的地方。

房间东、北、南三面各自留有两个大窗户,是四扇外开的那种,窗扇因螺丝松动等,关不严。冬天虽然在里面钉了一层塑料薄膜,但由于图钉钉得不够严密,寒风照样阵阵袭来。

那天特别冷,似乎是整个冬季里最冷的一天。房间里已经放了一个煤球炉子,检察长又安排我把他办公室里的煤球炉子也提来。虽然有两个煤球炉子,但仍然寒气逼人。按理说,局长如果昨天提前来,他这样级别的调研座谈会,在他的住处找个会议室召开,一点也不为过,可他没有这样做。

调研开始,省院局长首先介绍了这次调研意图。他的调研意图刚说出来,大家就一脸惊讶,老局长更是一脸木然。这哪是临时决定来调研呀?明明就是有针对性的调研。调研的主题是免予起诉的存废问题。我知道,那段时间报刊上关于检察机关免予起诉权的利弊存废问题争论相当激烈,而恰恰那年我们反贪局立案查办经济犯罪案件30人,最后免予起诉的就有28人。

省院局长故意不问我们的办案情况,好像不知道我们免予起诉的比例,只是让大家畅所欲言,结合自身办案经验谈观点、谈认识。大家都缄口不言,老局长也不带头说几句话给我们起个引子。说实话,在那个年代,基层办案人员一天到晚只知道忙于办案,对这些理论问题确实没有认真思考过。

老局长看大家都不说话,直接点名道姓,让我先说。他说:"你干内勤这么多年,先说说吧。"我没有退路,只好理理思绪,第一个发言。我说什么呢?我要是先把我们办理的免予起诉的案件情况说出来,接下来大家都不好发言了。我就从免于起诉对自侦案件办理所起的作用说起吧,反正我的观点还是要站在"存"上,而不是"废"上。

我说:"第一,免予起诉有利于瓦解犯罪团伙,促使犯罪分子悔过自新,化消极因素为积极因素,同时也强化了社会治安综合治理工作。"我举了一个制售假药案例,借以佐证我的观点。我说,那个案件,我们对非为首人员中能够投案自首及坦白交代的人作了免诉处理,对拒不交代犯罪事实的犯罪分子及其主犯起诉判刑,充分体现了法律的宽严相济政策。

我发言的第二个观点是,"对于一些难度大的'夹生'案件,暂免予起诉处理,既减少案件积压,提高结案率,也可为以后留出回旋余地,等涉嫌犯罪的证据扎实了,一并起诉"。

我说完这些,局长好像有话要说,可他迟疑一下,还是没说。他是想多听听其他同志的发言,看还有没有新观点。接下来,大家陆续发言,观点不外乎这两条,只是说辞不同,各自变换着不同的语句、不同的案例。千变万变,一个主题没变——大家都期望检察机关的免予起诉权能够保留下来。

最后,老局长说话了。他说:"我就以我们今年办理案件的结案情况做个发言吧。"姜还是老的辣,他主动接过大家都没讲、好像是专门留给他讲的这块难啃的"硬骨头",作为话题。

他说:"我从以下几个方面说吧。一是为什么我们今年的案件结案这么快。往年,每年案件都有结存,今年不但没有结存案件,连早几年遗留下来的案件都结案了。因为我已经听说要取消检察机关的免予起诉权,能结的就都结了吧,等新的刑事诉讼法出台了,我们再重打锣鼓另开戏,按新法要求办案。

"二是我们今年结案作免诉处理的这 28 人有没有错案或该起诉而没有起诉的案件。我只能这样说,可以作起诉的肯定有,但这些人处于起诉与免诉的边界上。严一严,可以起诉;松一松,作免予起诉处理也符合法律规定。要知道,我们今年办理的案件,免诉的 28 人所涉全都是偷税案件啊!这些案件的税款全都如数追回,如果单从办案的社会效果来看,我觉得免予起诉比起诉效果还要好。

"不过,话说回来,就从我说的这些案件可严可松这点来说,它不符合法理,缺乏法律的严肃性和严谨性,也不能促使检察机关更好地担当起法律监督的职责。从这点来说,我认为检察机关的免予起诉权应该取消。"

老局长说到这里,停顿下来。我看到省院局长微笑着从椅子上站了起来。可能是老局长说得太真诚,对免诉存废问题认识高,也可能是天气太冷,老检察长陪着,两人都向煤球炉子走近几步,在炉口上方烤着手。

安徽气候的南北差异可以说是全国各省份中最大的,砀山又素称安徽省的"西伯利亚",冬季气温与省会合肥悬殊。那天突然降温,是连续数天来气温最低的一天,我清楚地记得那天省院局长穿的是一件藏青色风衣,而我们穿的都是军式检察棉大衣。

省院局长站起来后就没再回到椅子上坐,索性就一直站着,站站走走,来回走动着。他听出了老局长的话还没说完,鼓励老局长继续说下去。老局长接着说:"最后我还想说说为什么我们今年办的大都是偷税案件。"

显然,省院局长对他的这个问题很感兴趣,向他点点头。

老局长说:"我们检察院穷啊!我们的很多干警连一把像样的椅子都没有,办公室窗户的玻璃坏了没钱安装,全院没一处开会的地方,县财政保工资不保办案,我们只能靠办案来养案。办理税收案件,相对来说,挽损容易,案件好办,税务局向财政上缴税款返回后会赞助我们一些经费。"

"拉赞助"这个名词似乎就是那个年代检察机关的独创,全国哪一家检察院不是这样呢?领导心里很清楚。虽然心里清楚,那一刻他的神情仍然凝重,那份凝重是他想改变而又改变不了的无奈。

大家都讲完之后,省院局长从50年代免予起诉的起源开始讲起,讲到新中国在"镇反"运动和司法实践中逐步创造出来的这一制度的历史作用,讲到这一制度被运用到侦诉和宽大处理日本战犯中,成为当时检察工作的一大亮点。之后,他详细分析了当代检察机关免予起诉制度存废之利弊,听得我们心服口服。只是他一句都没问及我们对立案30人,做免诉处理28人,应该如何看待的问题。

这是我工作以来参加的最令人感动的一次领导调研座谈会。那时虽然没有桌子可趴,甚至没有一把像样的椅子可坐,在寒风飕飕的空荡房间里,领导几乎是站着给我们开的座谈会,可那是寒冷与温暖的交融。

　　1996年3月,也就是在省院局长来我院反贪局调研之后的第三个月,全国人民代表大会通过了《关于修改〈中华人民共和国刑事诉讼法〉的决定》,取消了免予起诉的规定。从此,这一在检察机关存在十七年的制度,变成了一个历史名词。

赵科长锯门鼻子的故事

几年前，我撰写的一篇中篇扶贫小说《钥匙》，获市扶贫文学作品大赛二等奖。颁奖那天，我除了感谢那些给我提供素材的扶贫干部外，更想感谢的是给我灵感的赵科长。

赵科长从部队转业后，和许多军转干部一样，都住在木楼里。他喜欢加班——不喜欢也不行，木楼里每晚都有人加班，特别是起诉科和批捕科的同志。赵科长是批捕科科长，加班自然也是常态。但他不具备专心致志、静心加班的先决条件，因为他有两个双胞胎女儿，年龄还小，爱人是一所中学的英语老师，担任毕业班班主任，每晚要加班给学生上课。他就每晚把两个女儿哄睡后，再跑去办公室加班。保姆晚上要回家，不回家木楼那两间房也没有住的地方。

批捕科办公室在二楼，他家住在三楼。孩子醒了怎么办？他说不怕，木楼是木地板，家里床矮，孩子醒了，滚下床也摔不疼。他可以这样想、这样做，妻子却不能接受他这种做法，总担心他去办公室加班了，孩子醒了，掉下床来。

这种情况有没有发生过，发生过多少次，赵科长不说。若不是他的妻子碰到过，真实情况就被掩盖住了。孩子小，还不会说话，不会向妈妈告状，可偏偏有一次,他妻子担心的事发生了。那晚,他妻子从学校回来,爬上楼就听到了孩子的哭声,她很着急,站在楼梯口大声喊赵科长的名字。为什么她不直接开门,而是高喊赵科长呢?原来她下午去学校时,钥匙放在屋里忘记带了,打不开门。

赵科长听到喊声急忙从办公室往外跑,从二楼一口气跑到他家门口。他任由妻子数落,权当没有听见,从衣服兜里掏钥匙开门。他想赶在妻子前面进屋,提前半分钟把掉在地上的孩子抱到床上,可掏遍全身,却找不到钥匙!两个孩子在屋里哇哇哭,一定是先醒的那个把另一个也哭醒了。哭声此起彼伏,听不出是一个在床上一个在地上,还是两个都在地上。

妻子的责怪声及隔着门哄孩子的声音惊动了楼上的其他住户,人们陆续出来,劝赵科长别急,慢慢找钥匙。大概是孩子听出了妈妈的声音,也可能是孩子确实哭累了,知道妈妈就在不远处,又睡着了,反正两个孩子的哭声都停止了。

孩子不哭了,大人的心平静许多。做妻子的也不再责怪丈夫,无可奈何地摇头叹气。赵科长从办公室找钥匙回来,很失望,钥匙根本就没丢在办公室。他坚信自己锁好门,把钥匙装进衣袋里,直接去了办公室,没再去过别的地方。浑身上下摸了一遍又一遍,办公室不但被他里里外外找了一遍,其他同志也帮忙进行地毯式搜索,连楼梯也被手电筒照了一遍又一遍,就连楼梯两边的一楼过道也找了。

怪了!帮助找钥匙的人都这么说。楼上住户,除我们三个年轻人外,其余都是军转干部,他们不迷信。这事要是发生在我的村庄,村民们一定会说活见鬼了,邪门了,逢年过节忘去祖坟烧纸了,老爷爷老奶奶显灵了。看来钥匙是真的找不到了,有人怀疑会不会被晚走的人捡起来了。大家回想起几个下班走得晚的人,让我们三个年轻人分别骑自行车挨家挨户去问。临去时,赵科长告诉我:"要是没人捡到钥匙,回来时你就喊百货大楼对面那家五金店的门,给我买把钢锯来。"

我们三个说好在百货大楼会合,找不到钥匙就喊五金店的门。大约半个小时后,我们会合了,钥匙没找到。经过一番折腾,我们终于喊开了五金店的门,给赵科长买了一把钢锯。

木楼建造时没有暗锁,使用的是熟铁打制的门鼻子。环状门鼻子一头铆钉穿过门心横木固定在里面,扣锁的铁环固定在门框里。没有钥匙,要想打开门,只有两种办法:一是砸锁,二是用钢锯锯断门鼻子。我们从孙科长家借来一只小板凳,赵科长坐在小板凳上开始锯门鼻子。赵科长家用的是一把新买的"三环"牌铁锁,也许是他舍不得砸锁,也许是他嫌新锁难砸,抑或是怕砸锁声惊吓了孩子,总之,他没有选择拿铁锤砸锁的办法。

钢锯条拉动熟铁的声音吱啦作响,我帮他打着手电筒照明,眼看扣锁的铁环露出锃亮的沟槽。我说:"真是奇怪,一大串钥匙也不是小东西,怎么能说不见就不见了呢?"

赵科长看妻子已去孙科长家里歇息,他神秘地告诉我说,不是一串钥匙,是单个钥匙。我不解,问他:"你怎么不把家里的钥匙和办公室的钥匙放一起呢?"他说:"我不是一忙起来就好忘事吗?我担心孩子醒了有人喊我时,一慌张忘拿钥匙而把办公室门带上了,没钥匙开家里的门了,所以我才特意把家里的钥匙取下来,装进了衣服口袋里。"我说:"都怪办公室冯主任他们,为什么要把几个办公室的门鼻子锁都换成了暗锁?不注意就会把门带上。"

赵科长笑了。

那时暗锁刚开始使用,办公室换了暗锁,门能关闭严实,不至于窗户的缝隙与门的缝隙相互拉风,把桌上的卷宗吹乱。我是为了逗赵科长开心,才故意装糊涂。赵科长被我逗乐了,笑笑说,累了,歇歇再锯。

说实话,别说他累了,我拿手电筒的手脖子也隐隐酸疼了。

赵科长向外挪动一下板凳,习惯性地从上衣口袋里掏出略显褶皱的半包香烟,之后从裤兜里掏出打火机。老烟民的吸烟动作是一连串的,火机揞在右手磨动齿轮之际,中指弹动烟盒底部,一支烟被弹出,正好能被左手食指、中指夹住。

奇迹随之发生,赵科长中指弹动,跳出烟盒的不是一支烟,而是一把钥匙。"哎哟,钥匙掉进烟盒里了!怪不得怎么也找不到。"他如释重负,心中一阵狂喜,说话的声音振聋发聩。

他那份神情,那份惊喜,还有那份乐观的态度,深深印在我的脑海中,以至于三十多年后,我在构思一篇以开启人心智为主题思想的扶贫的小说时,赵科长掉进烟盒里的钥匙仿佛就在我眼前。

钥匙给了我灵感,未经赵科长同意,我擅自做主,把那把钥匙直接"转让"给了小说里的失志贫困户熊老四。如果说我那篇小说对宣传扶贫工作有所帮助,有一半功劳应该归功于赵科长。

木楼响起电话声

直到20世纪80年代末,摇把电话才从木楼消失,换成转盘电话,又过了几年,拨号电话进入木楼。

刚上班时,单位只有一部黑色摇把电话,放在办公室一角那张厚重的实木桌子上。桌前有只旧方凳,供打电话的人坐下来等待总机接号。在办公室工作,最艰巨的任务就是守着电话机接听电话。电话一来,总是火急火燎地鸣叫不停,守电话的人像屁股上装了弹簧,本能地弹跳起来,拔腿就往电话的方向跑。

有一次办公室临时缺岗,把看大门的老头喊来守电话。还真巧,经济检察科有一起案件,办案人上午八点就跟总机要了河南某地检察院的电话,涉及协查材料细节问题,需要电话交流。办案人员心神不定,一次次往办公室跑,反复嘱咐看门老头,来了河南的电话,马上喊他。

电话打通了,总机把电话接了过来。看门老头问是河南的吗,电话那头答复是。老头啪地一下把电话挂上,一溜小跑到门口,可着嗓子喊:"河南电话来了!"办案人员跑进办公室一看,傻眼了。电话怎么被挂上了?他分明看到话筒还在能伸能缩的托架上轻微晃动。看门老头说:"我不挂上,怎么去喊你?"

办案人员无可奈何地摇摇头,不得不再次呼叫总机。

那个年代接电话,话会越传越少,甚至把话传没了。这仅仅是一个特例。数学上有二元传递关系,那是离散数学研究的领域,太深奥,不如老百姓对传递关系给出的定论通俗易懂:物越传越少,话越传越多。

我们三人招干之后,检察院陆续进来一批军转干部,木楼里不知不觉地在教学相长中形成两类相互开玩笑的群体:一类是那些在检察机关恢复重建前所谓蹲过"牛棚"的老同志,另一类就是部队"老转"。老同志开玩笑仅局限于那段特殊岁月里的奇闻逸事,谁谁好哭,谁谁那天被批斗时吓得尿一裤裆,谁谁的外号是怎么来的,诸如此类。当然,他们说起这些笑话时,不称呼名字,而是彼此互称外号。"老转"之间开玩笑,最突出的表现还是在吆喝接电话上。

拨号电话省去总机接线要号的烦琐,也不像摇把电话那样铃声一响,让人觉得那么稀罕、珍贵。每个楼层都安装一部电话,除办公室那部还放在原处外,其他几部都是放在楼层的走廊里。放在走廊里的电话机,不需要固定的接电话人员,打电话便捷了,电话也多,有时响两三遍才有人懒洋洋地走出来。

"喂,哪里?"这是接电话最习惯用语,也是每天听到最多的一句话。一次,一名"老转"碰巧接到同年转业到检察院上班的战友的妻子从单位打来的电话,"老转"告诉她,战友传唤一名犯罪嫌疑人,正在问话,有什么事和他说吧。家里的琐事哪能和别人说呢?战友依仗是战友而自作多情。战友的妻子说:"你转告他,下班回家前让他给家里打个电话。"战友的妻子故意把"家"那个字说得很重,好像是暗语。

战友放下电话"扑哧"一声笑了,在他战友问完话之后便添油加醋地告诉他:"你老婆说了,以后下班回家要先给她打电话,经过她允许之后再回家,别不吱声到家就开门,弄得都尴尬。"

对战友这段绘声绘色的描述,在场的人都心领神会,哈哈大笑,只有他战友一边骂他不是人,一边说谢谢提醒。

家里的电话已经欠费停机好几天了,战友的老婆是从单位打过来的,是提醒他回家时别再忘了交电话费,如果不说,说不定他又忘了。交费的地方就在木楼不远处,是他每天上下班都要路过的地方,可他路过时就是想不起来。于是,他拿起钢笔,在手心里写下"交电话费"四个字。尽管如此,谁知道他下班时,脑子里会不会只想着案件而忘记看手心呢?

电话使用频率高,听筒难免发出杂音,影响听觉,接听外地口音的电话时,更容易混淆。我要讲的另一个笑话,就是由此想起来的。那天,我刚看完卷,正想伸个懒腰,轻松一下,一名老同志走进我办公室,不紧不慢地对我说:"外面有你电话。"

我急忙走出去,拿起话筒"喂"一声,话筒里传出一名年轻女子的声音:"姐夫吗?"我没有小孩姨,妻子没有姐妹,我忙问:"哪位?""我小翠呀。"东北口音,说话声音甜而清脆。

妻子也有亲戚在东北,她和我说过,但我没有认真记住她每位亲戚的名字,又不敢冷落对方,便试探地问:"你在东北啊?""我不早都调回来了?"对方似乎有所怀疑,又问:"你是不是×××?"

"是我,不错。"

我自认为自己的名字不会听错,没想到我的名字在伴有杂音的话筒中从东北女子口音里说出来,竟然和另一名同事的名字如此相近,无怨那位老同志没有分辨出来。

"上次让我姐跟你说的给老爷子买药的事,你买到没有?"对方问。

我迟疑不语,一时间云里雾里分辨不出东西南北。我意识到错了,错在哪里了?我的脑子飞速运转,突然一个人的名字跳进脑海。是他,一定是他的电话。我操着带有浓重砀山口音的普通话,一字一句地问:"你是不是找×——×——×?"

"对!你不是呀?我早听着不对劲!"

我心想,不对劲还不把电话挂了?害得我瞎揣摩一通。我连忙放下话筒去喊,那个名字读音与我相像的同事接完电话走进我办公室,我忙说:"谢

129

谢你,我也做了一次东北女子的姐夫。"他气呼呼地说:"知道不是你的电话,还聊这么长时间!"我辩解:"这事是我一个人的错吗?"

下班时碰到办公室副主任,我把接错电话的笑话说给他听,他当即答应,下午就去电信局找人来修。果不其然,下午真的来了修电话的师傅。

从事某种工作,时间长了,难免会留下"职业病",我就犯过类似的错误。那年,我已在反贪局长岗位上,快到年底,下半年立案侦查的几起案件迟迟不能结案,影响年终结案率,为这事我心里十分烦躁。我刚一出门,走廊里电话响了。

我拿起话筒问:"喂,找哪位?"

对方报出姓名,是找我们反贪局办案人员的。我满脑子都是案件,心想这名同志效率真高,刚开过会就传人来问话了。我想知道他传的是哪起案件的当事人,就问他:"你是哪里?"

对方说:"我找×××。"我又问:"你是哪里?"对方仍然不温不火地说:"我找×××。"

那天我和他摽劲,我一连问三遍"你是哪里",他一连答三次"我找×××"。虽然我的问话语气已经发生变化,可他说话依然温软如初。之后我觉得不对劲,放下电话就去喊人。我想出去办事,也不办了,坐在同事椅子上等他接电话。我想知道电话是谁打来的,竟然是这么拧筋的人。

同事接完电话笑吟吟地回来,站我对面不说话,递我一支烟,自己燃上一支。同事年龄比我大,军转干部,孩子已经上大学了。我坐着他的座位,他站着,我也不好意思,忙起身。我俩就这样站着,面对面吐烟雾,他不说话,我也不说话。他只管微笑,笑得我很迷茫。到底还是我没撑住劲,问他:"刚才是谁的电话?"

他笑,反问我:"你没听出来吗?"

我说:"我听着年龄不大,怪有韧劲。"

他说:"我儿子,你侄子,当然年龄不大。"

我笑了,抬手轻轻扇自己一巴掌。"和你一个脾气,我咋就没想起来呢？"

他说："你侄子说了，我杜叔这是职业病，要改！"

我点头认可。

手里的烟已快燃尽，他看我扭身要走，转身从门后提出铁簸箕，掐灭自己的烟头，也示意我掐灭烟头。老大哥就是老大哥，这是木楼，别因心境变化而冲淡了防火意识。

我回到自己的办公室，坐下来认真思考起职业病问题。职业病是什么？职业病是劳动者在职业活动中，因接触粉尘、放射性物质和其他有毒、有害物质而引起的疾病。人们习惯将某一职业的从业者的偏激行为称作职业病，其实，那只是一种包容的态度，是屈服于你手中公权力而对错误行为的一种谅解。执法者如果不能认识这种错误，自以为是，势必在偏离职业道德规范的路上越走越远。

我决定在同事的儿子——我的侄子年假回来时，当面向他赔礼道歉。那一天，我安排他爷俩吃饭，就在木楼对面的小饭馆。我说："那天虽然我最终还是没有拧过你，但我也应该向你道歉，是我不对，不该打破砂锅纹（问）到底。"

他说："没关系，我习惯了。因为我爸也被你传染上这种毛病了，我也被我爸传染了，所以那天就跟你拧起来了。"

孩子很会说话，条理清晰，责任分明。我是局长，说到底还是我的错。孩子突然转头问我："杜叔，我想向你咨询个问题，行吗？"

我点头答应。

他说："我在大学虽然不是学的法学专业，但我们也开设了法律课程，我也看过法学系同学组织的模拟法庭。但我有一点不明白，为什么在法庭上，法官、公诉人都要表现出一副盛气凌人的态度呢？法庭是讲理的地方，俗话说：有理不在言高。如果一名公诉人没有威严、没有气势，但他在法庭上能和言细语地把指控犯罪的证据列举得确实充分，说理清晰明了，这样的公诉人算不算好公诉人呢？"

显然,他知道我的答案,这是一个不容置疑的答案,所以他没有等我回答。接着,他又问:"法庭的严肃性包含哪些内容?除了对法律的敬畏,还包不包括对法官、公诉人威严仪式的敬重或者说是畏惧呢?"

这孩子已经不是一个孩子了!知识把他培养得很强大,他的理念直接挑战了我们那一代执法人的思想底线。我汗颜,无言以对。我反问:"你说呢?"

他说:"应该包括,譬如制服、座位,但这一切配置的根本愿望,归根到底还是希望法律精神及法律理念能通过法律人传递出公平正义的信号,而不是靠法律人自身装腔作势的行为气势来压倒别人。"

这孩子真聪明,一顿饭,他没有提"职业病"这个词,也没有拿我们办案的态度来说事。不过,他不提,他爸和我都受到了一次不小的教育,这是尊重长辈的中国传统孝道观在孩子身上发挥了作用,让我看到了中国文化的多元性及中国文化的未来。

那顿饭,我花费五十多块钱,太少了,相对于我所受到的启发和我后来在办案态度上的转变,再加十倍也不多。

下卷

Xia Juan

同向发力　打击经济犯罪

一

我调进经济检察科时,县委一楼门旁有两间房子,门牌是"打击经济犯罪办公室",大家简称"打经办"。作为经济检察科内勤,因工作关系,我经常出入"打经办"。第二年春天,我被借调到"打经办"工作两个月,任务是协助"打经办"调研、督查交办案件线索办理情况。在这两个月的工作中,我熟悉了"打经办"的成立背景及工作职责。

进入20世纪80年代,我国实行改革开放后,经济走向繁荣,但各种不良的东西也乘虚而入,历史上遗留的不健康现象逐渐死灰复燃,沉渣泛起。一些人对金钱的欲望不断增大,权钱交易开始产生,滋生了日趋严重的经济犯罪。

1982年1月11日,中共中央发出了《关于打击经济领域中严重犯罪活动的紧急通知》;3月8日,全国人大常委会通过了《关于严惩严重破坏经济犯罪的决定》,鉴于走私、套汇、投机倒把牟取暴利和索贿受贿等经济犯罪活动猖獗,对《刑法》一些条款做了相应的补充或修改。它是全国人大制定的一部特别刑事法律,在我国刑事立法史上具有重要的、特殊的历史地位,作用巨大,影响广泛。该决定自同年4月1日起施行。4月13日,中共中央、国务院又做出了《关于打击经济领域中严重犯罪的决定》。

其后,根据中央决定,全国各地省、市、县均成立党委领导的经济案件领导小组,纪委书记兼任组长,法院、检察院、公安局的"一把手"担任副组长。同时,在各级纪委设立打击经济犯罪办公室,简称"打经办"。

"打经办"是正式机构,人员组成有纪委干部,也有从公安、工商、税务、银行借调来的干部,是党委统一领导、指挥和协调打击经济犯罪工作的专门机构。

因为涉及贪污贿赂、投机倒把、偷税漏税、假冒伪劣等多种类型的案件,我们的调研、督查工作也同时涉及公安、检察、工商、税务等多个部门。那时没有复印机,对于交办线索的办理情况大都是手工誊抄,两个月下来,我右手中指上磨出了厚厚的老茧。不过,通过这两个月的工作锻炼,我不但学习了办理经济案件的相关知识,提高了办理经济案件的业务水平,也认识了相关部门一些负责办理经济案件的同志,为后来在经济检察科做内勤奠定了很好的基础。

二

一次,经济案件领导小组召开联席会议,公、检、法三个部门参加,我作为"打经办"借调的一员,也列席了会议。会议内容是讨论一起在当时影响很大的投机倒把案件,这起案件由"打经办"牵头,公安、检察和工商部门抽人成立专案组,办案地点设在案发地的公安派出所。

这是一起被认定为囤积居奇、低价买进高价卖出的投机倒把案。一名县城国有企业的采购员,借为单位采购节日礼品之机,私自采购大量物品,存放在乡镇的一个空院子里,高价卖给小商小贩,从中谋取利益。联席会议上,大家围绕着货物存放时间不长,算不算囤积居奇展开讨论,私自购买物品和单位采购节日礼品,虽都是同一地点,但不在同一个节点上,是不是套购?物品买来后又转手他人卖给小商小贩,有没有谋取暴利?大家各抒己见,争论激烈。会议结束时,打击经济犯罪领导小组组长做出决定,明天公、检、法三个部门的负责人都去乡镇办案点,现场听取办案人员的汇报。

乡镇距县城20多公里,单位的"北京"吉普车被县委借用了,检察长让我和他一起去乡镇。我们每人骑一辆自行车,检察长的"羊角把"自行车前杠装了一个倒三角形布袋子,带的笔墨纸张等用品都放在里面。我们一路谈笑风生,愉快地骑行。穿越黄河故道,上坡时,检察长铆足劲,一口气骑了上去,而我却在车到缓坡平险处突然掉链子,不得不下车,推上河坡。

检察长提醒我,骑自行车上坡时,既要鼓足勇气,一鼓作气,又要均衡用力,持之以恒,并说,一会儿下坡时,可不能洋洋自得,下坡最容易摔跤。检察长就差没说"骑行也像人生有顺境也有逆境"的话。可他的话,让我想起了晚唐诗人罗隐《泾溪》中的诗句:"泾溪石险人兢慎,终岁不闻倾覆人。却是平流无石处,时时闻说有沉沦。"

投机倒把罪产生于计划经济色彩浓重的七八十年代,那时的投机倒把罪,主要是指脱离计划秩序的自发性工商活动。打击投机倒把,可在物资短缺背景下维护基本的分配公平,有助于巩固计划秩序,是计划体制的实际运行模式使然。1980年1月,国家工商总局、公安部下发了《关于查处投机倒把案件的几个问题的联合通知》,在计划经济和市场经济并行的80年代,对打击投机倒把罪虽有法可依,但查办投机倒把案件也要具体分析其行为对社会有无危害及危害程度。

到乡镇后,公检法的案情分析会我没有参加,对这起案件的最终处理结果也不得而知。但我知道1997年新《刑法》取消了投机倒把罪。投机倒把罪的起落兴废,是当代中国经济运行态势、体制变迁路径的标识之一,它从一个侧面反映了对"什么是社会主义、怎样建设社会主义"认识的逐步深化,也见证了当代中国法治建设迈出的历史性步伐。

1987年,在严厉打击经济犯罪专项活动之后,中央决定,撤销"打经办",职能合并到检察机关的经济检察部门。我们经济检察科的老李就是那次从"打经办"转隶到检察院的,成了我真正的同事。"打经办"撤销后,经济检察科成了打击经济犯罪的一支重要力量。我们与工商部门合作,查办假冒伪劣案件,常常风餐露宿,夜间行动,端掉一个个制售窝点。与税务部门配合,上东北,下江南,绿皮火车上一坐就是两三天,调取火车大票,查询购货情况,查办偷漏税及抗税案件。在县白酒厂设立检察室,深入周边县域偏远乡镇,扮演成购买者,打探本地销售假酒的渠道来源。在那个特殊的历史时期,通过这一斗争,有力地打击了严重破坏经济的犯罪,对促进党风、社会风气和社会治安好转,保障社会主义经济建设,起到了积极作用。

三

20世纪80年代,随着经济社会的发展,一批乡镇检察室应运而生。不可否认,乡镇检察室在服务农村经济建设、提升检察机关基层工作水平等方面发挥了重要作用。但随着时间的推移和实践的进展,检察室设置的范围过于宽泛,其负面效应也随之凸显,到90年代后期,乡镇检察室纷纷被撤销。

陇海乡检察室是县检察院设立的第一个乡镇检察室,也是全地区第一个挂牌的乡镇检察室。挂牌那天,县政法委领导、院领导及乡镇领导全都莅临现场。一长串大地红鞭炮挂在一棵大榆树上,一连串震耳欲聋的响声过后,领导们踏着红红的鞭炮纸屑相继站在那间办公室门前。检察长宣布陇海乡检察室正式成立,拉掉蒙在牌子上的红布,县领导、乡领导分别致辞。继陇海乡检察室设立之后,一两个月时间里,全县二十八个乡镇全部设立了乡镇检察室,实现乡镇检察室全覆盖。

检察室的人员由乡镇配备,检察院下文任命,一名检察员,一名助理检察员,统一穿检察制服。记得有一年,也就是反贪局从二楼搬离后会议室建成的第一年,年终,院里召开总结大会。因为有了会议室,那年的年终总结会要求乡镇检察室的同志也来参加,会议室一下增加几十张陌生面孔。会议室不大,容不下这么多人,乡镇检察室的同志和部门负责人及离退休老同志坐在会议室座位上,其他人则搬着凳子坐在走廊里。

我被下派到乡镇挂职时,镇里给我安排了一间平房,既是办公的地方,也是住处。房子在镇政府大院西北角,与镇检察室仅一墙之隔。大多数检察室的工作人员都是兼职,不能正常地开展工作,唯有我下派所在的乡镇检察室,两名工作人员始终坚守岗位,兢兢业业,是全县乡镇检察室工作的一面旗帜。

那时,经济检察科已更名为反贪污贿赂工作局,我是从反贪局下派到乡镇的,鉴于业务关系,每有案件,必须帮他们分析案情,研究初查措施,立案后还要帮他们制订侦查方案。总之,虽然离开了木楼,我仍是一名检察人。那时,他们做得最多的工作就是和镇纪委联手,清理村级财务,推行村账镇管。每天一早骑自行车下村,天黑才回来,晚上还要加班清查、梳理带回的账务。

就在我挂职的那一年,他们办理了镇某管理所的一起贪污案。说实话,如果他俩不是那种原则性强、敢于伸张正义的人,就算县检察院派人去协助办案,就算我近水楼台能为他们提供一些办案指导,案件也很难办下来。在那个年代,两名土生土长的当地人,敢于真刀实枪办理案件,谈何容易?况且所在办公室就在检察室对面,抬头不见低头见。这起案件的办理在全镇引起的反响,不亚于县检察院办理一起科局长案件。

这是一起乡镇检察室办理得非常成功的案件,所长被判刑了,其他人该退的款项也退赔了,该给予党纪行政处分的,镇纪委也追究了。以我所在乡镇为例,应该说,检察室为彼时和未来健全农村司法体系,走出了一条可探索之路。

一次快捷的抓捕行动

1988年5月的一天下午,我和同事骑自行车到一家乡镇农资市场找人调查材料。

那几年,我们办理的案件,大部分都是偷税案件。而这些案件,又基本上都涉及农资生意。有从东北发货做蓖麻饼生意的,有从湖北发货做菜籽饼生意的,也有从新疆发货做棉籽饼生意的。

农村实行土地承包责任制近十年,农民的吃粮问题已经得到解决,填饱肚子的农民向往富裕起来,开始调整产业结构,大面积栽植果树。黄河故道流域的沙土地,为酥梨的生长提供了得天独厚的条件,千百年来,这里以盛产砀山酥梨而名扬天下。

借党的改革开放好政策,农民对土地有自主经营权,那些年"割资本主义尾巴"时被砍掉的梨树开始得以复植,各类饼肥成了农民手里的抢手货。做饼肥生意的人很多,他们依仗饼肥好卖,在货到之前提前联系好商贩,火车一到站,马上从货场分散出去,逃避国家税收。

那天,调查笔录做完后,被调查人神秘地看着我们,自言自语地说:"早几天我在河南某县火车站见到某人了,那里的生意真好做。"某人的名字从他嘴里说出后,我俩同时一愣:这不是我们前段时间立案侦查并拘留在逃的一起偷税案件犯罪嫌疑人的名字吗？看被调查人的神情，他在故意给我们传递一个信息。没有交换眼神的必要，我俩已心领神会，因为这起案件就是我们承办的。老搭档看似漫不经心，随口问被调查人："什么生意，这么好做？"

"菜籽饼生意呗，在那里发货比在湖北发货方便。"被调查人的话语里，又再一次强调发货地名。

话题越来越近，我们又问："×××能做的生意，你为什么不能做呢？"

"咱哪能跟人家比？人家是做饼肥生意的大户，关系多，货源来得快。不信你们去看看，他这几天就住在火车站广场旁边的光荣旅社里。"被调查人说完，会心一笑，与我们挥手告别，忙着张罗自己的生意去了。尽管举报来源于不平衡的心态，但举报违法者，却是做了一件好事。被调查人选择这种看似无意实则有意的方式，任你去想，任你去悟，结果如何，与己无关，这也是人性的使然吧。

我俩平平淡淡地听他说，平平淡淡地骑车离去，骑了百余米后，便你追我赶，赶回单位时，已是下午五点多钟。很显然，被调查人口中所说的某人就是我们要追逃的犯罪嫌疑人。回到单位后，我找出卷宗，整理相关材料，同事去向领导汇报。得到批准后，我们开具介绍信，带着整理好的材料，换上便装，带上枪支、手铐，便赶赴火车站，踏上追逃征程。

临行前，我悄悄地翻看了一下自己的口袋，身上仅有二十元钱。找会计借钱，财务室下班关门，通知会计回来已经来不及了。我提醒同事，让他翻看一下自己的口袋，身上有三十多元，两人加在一起才五十多元钱，勉强够往返路费。万一赶不回来，既要吃饭、住宿，回来时，还可能要多买一个人的车票啊。已经到下班时间，我满科室跑，总算又借到五十元钱。为了不耽误最早一列途经目的地的火车，我们没有回家拿出差用品及洗漱用具，从办公室带两条旧毛巾，算是出差家当。

火车站距离单位约五公里路程，一辆"木的"三轮推车推一个人到火车站是两元钱，为了节省等另一辆"木的"耗费的时间，我们与推车师傅商量，四元钱,两人挤在一辆推车上。

那时的刑诉法,同样规定了拘留、逮捕由公安机关执行,而现实中,检察机关的自侦案件,拘留都是自己执行。拿现在的标准审视几十年前的执法行为,存在许多执法中的瑕疵,对重实体法轻程序法这一传统执法理念的改进,正是在对这些瑕疵的改正中一步步推进的。

执法工作的特殊性,决定了执法者在执法过程中所享有的"特权"。"木的"把我俩推到火车站,距离要坐的那列火车进站只有十几分钟的时间了,排队买票显然赶不上车。我们直接去车站派出所,说明情况。派出所派人把我们送上火车,上车后再补票。时间赶得真准,我们匆匆忙忙地办好了所有需要办理的事情,几乎一分钟都不多余,赶上了那列八点的火车。

绿皮火车年代,火车一直超载。没有座位,我们靠在车厢接口处,站得时间长了,双腿麻木,加上没有来得及吃饭,头上直冒虚汗。就是那次,让我感受了火车上盒饭的香味,隔着一节车厢都能闻到。列车服务员甜美的吆喝声在过道回响,盒饭的香味更浓,但我俩却充耳不闻,辘辘饥肠地坚强挺着。因为我们不知道这次追逃会遇到多少事,舍不得动用仅有的一百元钱。再说,站着吃盒饭,确实有诸多不便……

实在站累了,绿皮火车上三人座位可以凑个角,坐一会儿,可我好不容易找到一个稍有空余的角,坐下去屁股却火灼般地痛。我知道,在自行车的快速骑行与"木的"的颠簸中,我腰腿痛的毛病又犯了。深夜,车厢安静下来,同事发现有人钻进三人座位的座椅下,就鼓励我也钻进去休息一下。我体形瘦,个头不高,调过身来,脚朝里头朝外,正好能钻进去。临钻进座位下之前,我悄悄把枪摘下来装进包里,枕在头下。同事则移动到我跟前,扶住座位的靠背站立着,护着手铐及案件材料,也是在保护着我枕在头下的包。

凌晨两点,火车到达车站。我们下车后立马赶到车站公安派出所。值班民警看了我俩出示的相关证件及材料,听我们说明情况后,问我们:"你们准备现在执行,还是等天亮后执行?"

我们说:"马上执行。"

民警问:"执行后立即带走?"

我们说:"对,办理异地关押手续很麻烦,执行后我们坐最近时间点的火车赶回去。"

值班民警看看墙上的钟,又查看一下压在桌面玻璃下的列车时刻表,然后点点头。他问我们:"不会只来你们两个人吧?"当我们告诉他就来我们两个人的时候,值班民警惊讶得半天没有说话。他起身走进单位食堂,端来一盘馒头,提来一暖瓶热水,说:"很抱歉,食堂里就剩下这些馒头了,你们上了火车后餐厅也不卖饭了,先吃点馒头,垫垫肚子吧。"

公安就是公安,有超出常人的洞察力,估计他从我俩的讲述中就已经推算出我们根本就没吃晚饭。在列车上,装着卷宗材料的包始终不敢离手,还要护着枪支,不在车厢里吃盒饭很正常。从下车到走进公安派出所,几乎没有时间差。我俩就着开水啃馒头,值班民警去另一个房间喊来出勤民警,之后,我们一起走向旅社。

旅社就坐落在车站广场一侧。旅社不大,公安的同志拿到旅社的住宿登记簿,却没有发现犯罪嫌疑人的名字。他们把旅社老板带到派出所,我们向老板详细描述了犯罪嫌疑人的长相和所从事的生意,老板很快就心里有数了。他说:"118房间里住的那个人,不但和你们描述的长相吻合,说话口音也和你们相像。"

我们再次走向旅社。

所谓的抓捕非常简单,老板打开房门,我们直呼其名,犯罪嫌疑人于睡梦中应了一声。他坐起身来,两眼发直,极力辨别眼前的一切是梦境还是现实。不错,此人正是我们要找的人。他懒洋洋地穿衣服,一副极不情愿的表情。穿好衣服,他想弓腰从床下拉包,一名民警眼疾手快地一把拦腰抱住了他。他无奈地摇摇头,显然,那是对猛然间失去自由的无奈,也是梦醒的感慨。

他说:"我、我的包,在床下。"

我侧身跨过,从床下拉出他的包。我再度环顾整个房间,那一刻,很庆幸。整个房间拾掇得干净利索，连洗漱用具都没留在包外，看来，他已经做好了随时逃跑的准备。

一副手铐，一只戴在犯罪嫌疑人的手腕上，另一只戴在我的手腕上。我俩并肩而行，在公安同志的带领下，直奔火车站台。巧得很，正好有一列途经砀山站停车的火车几分钟后到达。我们上了餐厅所在的车厢，我俩坐在餐厅一角，同事放下行囊，忙着去办理我们三人的补票手续。

餐厅是个好地方，午夜之后已没有吃饭的旅客，安静得很。一张张铺着雪白布单的餐桌，干净整齐，却时不时勾起我们想吃点东西的欲望。我俩就这样静静地坐着，我不但能听到他紧张的呼吸声，还能感受到他置身于绝望中，眼神里散发出的恐慌。他一定后悔了，后悔自己不该抱有侥幸心理。

稍事平静后，他主动和我搭话，说："你们来得真及时，早几天我就感觉到这里不安全了，有几次都碰到了熟悉的面孔。我已买好了今天早晨五点的火车票，准备去湖北荆州，那里安全、隐蔽。"他的话让我既兴奋又生气：兴奋的是我们争分夺秒赶来，所有的饿和累都值了；生气的是他迷途而不知返，像一名潜入荒林的逃生者，听到呼喊，却充耳不闻，拧着头往荒林深处钻。我调侃他："我们就是知道你买了今晨五点的车票，所以才赶在你睡梦没醒之前来到。"他用那只没戴手铐的手，哆哆嗦嗦地从上衣口袋里摸出已买好的火车票，放在餐桌上，不知道他是想向我证实自己没说假话，还是为浪费了车票钱而惋惜。

第二天早上八点，火车到达砀山站。

临下车时，犯罪嫌疑人一再申明自己不会逃跑，希望能够解开手铐。就算我百分之百地相信他说的是实话，也不能这样做，不敢冒险。出于维护其人格尊严的需要，同事脱下外套，搭在手铐上。我俩侧着身子，一前一后走出检票口。

我和他在候车大厅的一个角落坐下。同事随即走出去，找公共电话，联系单位的车辆来接我们。过一会儿，他一脸无奈地走回来。

我问他："有车吗？"

他摇摇头说:"出差了。"

在火车还没有到站的时候,我就在想:这个时间点,单位那辆"北京"吉普应该还没下乡,没想到事与愿违。没车来接,我们只好自己想办法。车站广场停着许多"木的",同事在一辆辆"木的"前徘徊,他这次不是为了省钱,也不是为了节省时间,而是想找一辆车厢宽大一些、推车人有力气的"木的"。犯罪嫌疑人是生意人,体胖。同事出手大方,给了一位身强力壮的推车人五元钱,让他推我俩。嫌疑人客气地推让,让我先坐进三轮车厢里,我心想:别害我了,就你那体重,坐我身上还不得把我压个半死?我俩被手铐连在一起,只能一个人坐在另一个人身上。我顾不了许多,屁股占他一条腿的便宜,就这样,一直坐到看守所大门口。

办理好关押手续,把犯罪嫌疑人送进号房,我却饿意全无,只想酣畅淋漓地睡上一觉。临走时,同事提醒我:"回家后,别睡过点了,下午要提审。"

对,绝对不能睡过点。刑事拘留后,24 小时内提审,这是刑事诉讼法的规定。

吉普车能坐多少人

吉普车里到底能坐多少人？我把数字说出来，注定能把今天的交警气晕。

不过，那时小县城还没有指挥交通的警察，也没有红绿灯，县城马路上仅有的几辆"北京"吉普是最高大上的风景。时常见到两辆吉普相向而行，两名司机把车停在马路中间，相互打招呼，递烟，即便如此，也不会阻碍交通。

那年，我们经济检察科办理一起假冒商标案，办案人员在侦查中掌握到犯罪嫌疑人是团伙作案，有两处作案地点。如果能当场查封赃物现场，就能获取最有力的证据。承办人向领导汇报后，决定对两处作案地点同步搜查。即使经济检察科没外出的人全都参与搜查，人手也不够，只好从其他部门抽调几名同志参与，连同司机共计十人。

单位就一辆破吉普车，司机看这么多人，头疼了，怎么能挤得下十个人呢？承办人老李心急，胸有成竹地说："没问题，我算过了，能坐下。"司机无语，小声嘀咕一句："能不能坐下，我都得先把车里的油加满。"从单位到搜查地点约20公里路程，司机怕载人多，车子耗油大，路上油不够而误事。司机喊人去车库帮他加油，去搜查的人中，数我年龄最小，理应我去。

我跟随司机走进车库,他愁眉苦脸地看我一眼,问:"刚才不是说口腔溃疡吗?你来干吗?"是的,刚才大家在木楼下集合时,我吃了两片药,被司机看到了。他问我怎么了,我说口腔溃疡。我第一次给司机帮忙,不知道口腔溃疡与加油有什么关系,便说:"没事,您让干什么我就干什么。"司机笑了,他一笑,咳嗽一声接一声,咳了好大一阵。我看司机一手提油壶,一手拿根软管,软管一头插入油桶后,他弓下腰,就要把皮条另一头放进嘴里。我一下明白了口腔溃疡与加油的关系,司机重感冒,不能再让他对嘴吸油了。我上前一步,把皮管夺过来,说:"我口腔溃疡好了,我会吸。"

我平时没有吹牛的习惯,那次一激动,就吹了一次牛。其实,这真是一项技术含量很高的活。我一开始不敢使劲,汽油总是吸不出来;我索性长出一口气,猛地一吸,汽油一下流出来,灌我满满一嘴。司机接过软管,放进油壶里,汽油从大铁桶里缓缓流出,我急忙跑到车库外呕吐。那是我第一次品尝汽油的滋味。我由衷地敬佩司机师傅,长年累月,为我们下乡办案查材料,得"多吃多占"公家多少汽油啊!那天若不是我夺了软管,他在重感冒的情况下,还得继续"品尝"汽油。

车子开回单位门口,等待搜查的人并没有匆匆上车,大家相互观望,等待老李分配座次。老李选出两个身材较瘦的人挤在副驾驶座位上,之后,他自己赶在后排人上车前先钻进车里,趴在座位后那一处狭窄的车厢缝隙里,然后大声吆喝:"行了,剩下的六人,三个人身子后靠,三个人身子前躬。"年轻同志不忍心老李趴在那里,要替换他。他说:"我个子小,这地方只有我合适。"大家再三说劝,他就是不下来。无奈,剩下六个人,只好把一半的屁股坐在别人腿上,挤在后排。六个人挤得严严实实,滴水不漏,两边的人侧身才勉强把车门关上。

好在是秋天,大家穿的都是单衣,不占空间。

吉普车驶出县城,下了 310 国道,转入乡村土路。田间的土路很窄,平板车轧出的车辙被秋收秋种时摆放耕作器具的牛拉拖车抚平,虚掩一层面粉样的浮土。吉普车颠簸在黄沙尘土中,带起一溜尘烟。尘土从车门缝隙钻进车里,大家都捂着嘴,不敢说话。也有被挤得抬不起胳膊的同志,只能任由尘土飘进喉咙,止不住地咳嗽。

大家被颠得你撞我、我碰你,就在这时,车子突然停了下来。司机说:"大家都下来喘口气吧,车子累了,要歇歇。"所有人都下来了,唯有老李下不来,大概是骨头被颠散架了,四肢不听使唤。他被两名同志拽出那个缝隙后,在后排座位上适应了好大会儿,才从车里出来。

车子停下的地方,两旁都是玉米地,虽然遮挡了秋风送爽,却也相对隐蔽,不然,吉普车外一片人,干活的群众看到了,说不定又该怎么猜想。因为车棚上还顶着一只圆柱形的红色警灯呢。

下车后,有咳嗽的,有甩胳膊踢腿的,有打着哈欠伸懒腰的,还有默默蹲在一边吸烟的……大家各自以不同方式缓释因车内挤压造成的心理压抑,同时也发自内心地感谢司机考虑周全,故意停下车,让大家活动活动关节。

大家稍事休息后,才发现司机并没歇息。他掀开车前盖,时不时侧起身子冲击一下车辆,让车子晃动。内行人看出了门道,问他是不是车子的化油器油路又出故障,供不上油了。拉这么多人,是头牛也会罢工。有人接话,说,"铁牛"都累得喘不出气了,要是真牛,还不早就累趴下了?一阵说笑后,大家一起用力,晃动车子。司机说,行了,应该没问题了。于是,大家各自按原有顺序爬进车里。别说,这辆破吉普还真给面子,司机上车后只一下就打着火。吉普车继续前行,有人调侃司机说,原来不是故意停车让大家喘口气的。司机说,是车故意停的,它就是属破车的,一天不敲打就趴窝。

到达目的地,按老李吩咐,第一个搜查点先下来五人,连同司机剩下五人,马不停蹄赶赴第二个搜查点。那天的搜查非常顺利,因为到达目的地时正赶上午饭时间,车子进村并没引起太多人注意,两个作案点都人赃俱获,大获全胜。

县工商稽查局的同志早已做好接应准备。他们接到通知后,马上派来一辆货车,开来一辆吉普车,带来一批稽查人员,协助办理查封、扣押等相关事宜。一位从其他科室抽调来的同志和老李开玩笑："我这一路都在替你瞎操心,考虑搜查后连人带赃物,看你怎么塞进一辆破吉普车里。看来你是哑巴吃饺子——心里有数。"老李连声感谢,说让大家辛苦了。感谢谁呢?分工不分家,大家都是检察人,我们是在携手并肩完成共同的任务。

任务分工后,大家各司其职。我的任务是把犯罪嫌疑人传唤到单位问话。回去时大家不用再同挤那一辆破吉普了,再没听到吉普车发出吱扭吱扭的抗议声。

再生证据是这样形成的

再生证据是怎样形成的？是在自行车与摩托车的大比拼中形成的。乍一听，这是一个不可思议的话题，但事实确实如此。

科里查办一起乡领导贪污乡镇企业管理费案件，外围取证工作在秘密调查中基本完成。下午，我们四人骑自行车去乡政府调取相关账务凭证。找到财务负责人，出示手续后，他以需向领导汇报为由离开财务室，之后，推说会计不在家，让我们在财务室外等待。

我突然听到发动摩托车的声音，承办人循声观望，发现那个财务负责人骑上摩托车匆匆离去。之前，案件调查虽然是秘密进行，但乡里那个领导多少还是听到些风声，只是不确定我们调查的是哪方面的问题。看到我们列举的有关账目后，他肯定是有所察觉，安排财务负责人出去活动了。

面对突发情况，我们一起商量对策：首先分析财务负责人是出去找会计预谋，还是去找证人订立攻守同盟。大家一致认为，去找证人订立攻守同盟的可能性最大，但也不排除故意躲开，把我们逼走，借机隐匿或销毁账目的可能。

这极有可能是一起共同贪污案件。事不宜迟，我们四人兵分两路：一组坚守岗位，留守调账，哪怕等一天一夜都不离开财务室，不给他们可乘之机;另一组跟踪追击,去涉案的几家乡镇企业负责人家里,再次固定证据。

我和案件主办人一组,负责固定证据。我有所不解,心想,那几家乡镇企业的证据都已经做得很完备了,为什么还要在正缺少人手的关键时刻去做重复劳动呢?案件主办人是一名办案老手,他的一席话让我茅塞顿开。

再生证据在职务犯罪侦查中的有效性和重要性,我在日后多年的办案实践中逐步得到认知。但在那时,我对这个概念还很模糊。主办人说,证人如果不翻供,等于我们把证据做得更扎实些,也不枉跑;如果翻供,说明他们为逃避追究在进行反侦查活动,拿下这样的证明材料,可以从相反角度来证明案件的事实性。之后,他给我打了个比方,说获取再生证据就像是吃拔丝,要趁热吃,凉了就吃不动了,很费劲。

我没想到眼前这位平时少言寡语的老检察人,对通过逆向思维从相反角度达到肯定案件事实存在的再生证据理论,理解得这么透彻,运用得这么娴熟。我由衷敬佩,向他表示:"您安排,今夜您指挥到哪,我就跟您骑到哪。"

我俩在追击路上说这些话时,太阳已经快要落山了。路上随时都能碰到劳作收工的人们,为我们问路提供很大方便。赶到第一个证人家,一家人已经开始吃晚饭。证人是一家砖瓦厂的老板,姓王,我们到他家来过,彼此认识。见我们到来,他的微笑掩饰不住行为上的拘谨和内心的尴尬,起身不知所措,似乎招呼我们进屋不是,不招呼也不是,双手在裤子上搓来搓去,态度不冷不热,却又很紧张。

案件主办人老到,半开玩笑说:"老王,我们骑车跑这么远,不招呼我们进屋喝杯水吗?"老王只好开门。进屋拉亮灯泡,映入我眼帘的,就是客厅方桌上还没有来得及收拾的一箱饮料和一提点心。我们三人的目光同时聚集在方桌上,老王迟疑片刻,很不好意思地拿掉方桌上的东西,放到地上,一边说:"俺农村人不讲究,看这满屋子堆得乱七八糟。"

案件主办人开门见山:"老王,刚才来你家的客人,应该是乡干部吧?"老王大概意识到事情不可能这么巧合,乡干部前脚走,我们后脚就进来了。他很难为情,却又不敢撒谎,点点头,承认了。

我问：“他是来动员你翻供的吧？”

"不，不是。"老王有点紧张，忙说，"我没和他说你们已经找我核实过管理费的事。他说等你们找我调查上交管理费的事时，让我说这几年我的砖瓦窑厂亏损，一直都拖着没交。"

"他许给你什么好处吗？"

老王说："这不，带来一箱饮料、一提点心。另外，他答应我，如果按他说的办，这几年交的管理费退还我，以后减收我的管理费。"

主办人告诉老王："上次调查材料后，我们已经找乡镇企业局及相关部门了解，你们交的管理费有几项不符合上级要求，属于乱收费。等这起案件办理完毕，我们会向有关部门发送《检察建议书》，建议清理乡镇企业乱收费的行为。"老王听我们说出几项管理费属乱收费情况，并建议清理乱收费，点头咂嘴，怯怯地问道："你们检察院还有对乡镇企业局发检察建议的权利？"

我们借机给他上了一堂法治课，告诉他，检察院为促进法律正确实施，在履行法律监督职能过程中，结合执法办案，有权建议有关单位完善制度。一席话，打消了他的顾虑。

我们顺利地给老王做了一份很详细的问话笔录。做完笔录之后，我能感受到老王内心很忐忑，虽然他并没有明显表现出来。证人的心理历来都受多种因素影响，在这么短的时间内，他能把真实情况详细说出来，没有推托，没有敷衍，甚至没有趋利，但不能否认他是在接受法律教育后做出的证言，多少还夹杂着无奈的心理。他把真实情况给我们说过之后，有些后怕，是怕我们不能给他保密，日后遭到报复。

我们离开老王家时，他一再叮嘱，要我们一定为他保密。我们答应了，但有一件事情我却不得不交代他。我说："饮料和那一提点心你保管好，明天我们来人拍照。"

老王犹豫了。他犹豫一会，突然很果断地说："我知道，这对你们很重要，这是证据。你们不要来了，我明天包装在一个纸箱里，给你们送到检察院去。"

离开老王家,到了村口,不远处有一家代销店亮着灯光。主办人把自行车停在路旁,让我看车,说他去去就来。不大会儿,他买回两盒饼干和两把手电筒,笑着对我说:"我们吃点饼干垫垫吧,看来,今晚上你要跟着我受累了。"

我俩就蹲在路边,各自吃着饼干,没有水喝,也没有地方坐。农村秋天的夜晚寂静而清凉,耳边时不时传来不远处坑塘里的蛙鸣和草虫的鸣叫,但这和乐之声只驱散了我身体的疲劳,却无法驱赶我内心的焦虑。主办人看我一时没有言语,突然想起什么似的,问我:"你家有人照看小孩吗?"

说实话,那天妻子上夜班,母亲又因故回老家了,我家还真没人照看孩子,我正为这事犯愁呢。我能实话实说吗?不能。我不能把这份焦虑带给他,也不能因此中断工作。我强装笑颜,告诉他:"没事,家属今天不上班,在家照看孩子。"

主办人高兴地说:"太好了!我们就是拼着一夜不睡,也要把这几个当事人全部问一遍。"

饼干吃完,我们骑上自行车继续前行。乡间的小路坑坑洼洼,自行车在颠簸中行走,好在手里握着手电筒,车子不会骑入路沟摔跟头。找到第二家,一家人还没睡觉。我们拉家常似的与人聊了一会儿,便能确定摩托车没来这家,但我们还是换个角度再次固定证据,做了笔录。

这家的主人对我们十分不解,问我们:"你们办的案子又不是杀人案件,话说回来,即便是杀人案件,也用不着这么着急连夜问话吧?"我说:"我们经常连夜出来找人取证,骑车出来一次,能多找一个就多找一个。"他瞠目结舌地望着我们,喃喃自语:"看来干啥工作都不容易。"之后,他一直把我们送到村口。

我俩摸索着又骑了十几里路程,找到第三家时,已经到了半夜时分。我们把自行车扎在院外,没敢轻易喊门。村里人家都已灭灯入睡,万籁俱寂,如果这时喊门,影响太大,弄不好还会张扬出去。村庄是沙土地,天旱,路面起一层尘土,从村中心的路转向这家有一段很长的巷子。我们打着手电筒低头在巷子里走一个来回,没发现有摩托车的印痕,便退了回来。

出了村,主办人对我说,摩托车虽然没来他家,但这家企业是搞油料加工的,厂长是个勤奋敬业的老实人,晚上常常住在厂子里。

　　工厂就在不远处,我们决定到厂子里去看看。油料加工厂建在村外河堤下一个偏僻荒凉处,快到厂区门口才听到机器轰鸣声。别说,厂长还真是个有心人,他应该是怕夜间加工生产发出的噪音影响村民休息,才特意把工厂建在这里。

　　我们走进厂区,见到厂长,说明情况后,厂长沉吟片刻说:"你们不来,我也想见你们呢……咱有话屋里说。"来到他住处,还没等询问具体情况,他主动说:"我难啊!刚才镇里来人了,在我这停了足足一小时,死缠烂打要查看我的账。他知道我心细,所有收支往来都做账,不像那几家砖瓦厂对外是一笔糊涂账。"

　　厂长说得没错。来的路上,主办人还告诉我,他们厂子的账目很健全,上次来调查时,已经复制部分账目凭证。主办人问他:"你的账拿给他了吗?"厂长说:"我实在没有办法,就把你们上次来调查的事给他说了,并且说账簿都被你们带走了。所以,我想让你们今晚就把我的账全部带走。我真怕他们狗急跳墙,一把火把我厂子烧了。"

　　事情到了这一步,我们只好照他说的办。我俩给厂长做了笔录,答应天一亮就安排人来调取账簿,没想到厂长早都把账簿整理打包好了,满满两大纸箱,捆绑得结结实实。

　　我告诉他:"你这样交给我们,我们也没法给你出示调账手续呀。"没想到连这一点他也替我们想到了。他说:"你俩每人自行车上驮一箱,骑车子在前面走,我骑车子跟在你们后面,要是真遇到拦路抢劫的,也好冲上去帮助你们。咱们到检察院,你们清点账目后,再给我办手续。"之后,他没忘补充一句,"办理手续的时候,别忘了把日期提前几天。"

　　凌晨两点了,我俩分别把账箱子固定在各自的自行车后架上,骑车回城。厂长自行车篮子里放一把电池灯,跟在我们后面十米开外的地方。不觉又是几十几里路程。回来的路上,自行车增加了一箱账簿的重量,不但唧唧响,骑上去还东扭西歪。我明显感觉体力不支,说不清是屁股疼还是大腿疼,浑身乏力。回到办公室,饥饿、劳累加上瞌睡,一阵头晕、反胃。清点好账簿,办好调账手续,主办人问我:"你还回家睡一会儿吗?"我一夜没回,妻子一定请假或让人替班,自己在家带孩子。这个时间点,我再回家敲门,无异于火上浇油。于是,我推说太累了,不回家了。主办人说:"咱就趴在办公桌上睡会吧,天一亮,我请你喝羊肉汤、吃包子,然后咱再返回镇里去。"

厂长也没走,他胆小不敢走夜路,说去找家小旅社开个房间好好休息一下,让我们和他一起去,我们拒绝了。送走厂长,我问主办人:"我们一早去镇里调取账据吗?"我这样问,一是替那两个守护在镇财务室门口的同志担忧,不知道他们是不是一直饿着肚子;二是想让主办人申请用车,整箱的账据实在是太沉了,骑自行车驮起来很艰难。

"不对,你猜错了。"主办人说,"我俩直接去乡镇企业办公室就行了,保准逮个正着。"

我不解,问逮什么,他说:"逮镇会计在企业办公室做假账。你想想,企业的账被我们调取了,镇财务室有我们的人守着,他们只有到企业办公室去做假账,才能蒙混过关。"

案件主办人的预判,像福尔摩斯探案集一样,引人入胜。我将信将疑地强迫自己趴在桌子上迷糊一会儿,心里恨不得马上就去见证奇迹。我这一迷糊,迷糊得一塌糊涂,闻到了羊肉汤的鲜美和生煎包的醇香。我彻底醒来后,发现口水竟然把桌面流湿一片,抬起头,一搪瓷缸子羊肉汤和十几个生煎包真的就摆在我面前……

这起贪污案我们侦破得非常顺利,一切都在预料之中。

我不得不敬佩案件主办人料事如神的推断能力。我们四人会合后,赶到镇企业办公室门口,我一眼就看到了那辆摩托车。我们收缴了镇会计尚未做完的假账,同时也获取了一份真实可靠的再生证据。

起赃故事

一

所谓起赃,是把嫌疑人秘密隐藏的赃款赃物类涉案证据清查出来。一般来说,起赃是依据嫌疑人及其他当事人的供述或知情人的举报而完成。在我的办案生涯中,有三次起赃情况,时隔多年,我的记忆仍非常清晰。

先说说前两次吧。

说起第一次起赃,我不由得想起《三侠五义》里的一段话:"黄寡妇已知谈月招承,只得吐实,禀道:现藏在家中柜底内。包公立刻派人前去起赃。"引用这段话,一是印证"供述"之说,二是借机说说我们那位案件承办人。

案件承办人没有包公位高权重,只好身体力行,亲力亲为,大概是考虑到我太年轻,保密意识不强,临行前还对我留一手。他招呼我:"小杜,你中午下班不要回家,有任务。"说着就忙不迭地跑去找照相员。承办人带着照相员从楼上顺着楼梯扶手,踏着碎步一溜小跑下来,我发现身后还跟着新招干的小李。他一边从拥挤的木楼走廊里往外拽自行车,一边说:"车子外出了,回不来,我们骑自行车去。"他说的是实话,单位那辆"北京"吉普,谁要是用车都是提前申请,从来也没有哪天等到十一点车子还没有被派出的情况。

照相员挎着一台"海鸥"牌 120 照相机,什么话也没说,同样从走廊里往外拽自行车。自行车放在走廊里的同志都是早上上班来得早的,那天我上班来得晚,自行车就放在大门外,免去了往外拽的麻烦。离中午下班还有十几分钟,承办人既没告诉我到哪去,也没告诉我去干什么,我只能服从命令听指挥。我扭头看小李,他和我一样一脸迷茫,向我摇摇头。

我们骑自行车出县城,转入乡道后,承办人主动下自行车,把我和小李叫到跟前说:"我们办的那起贪污案,嫌疑人交代贪污的钱藏在猪圈麦草下了,现在我们去起赃。"

至此,我和小李才知道去执行什么任务。他们办案组的其他同志还在接着问话,抽不出人手,抽调我俩配合起赃,这是正常的工作任务。只是,那地方距离县城很远,午饭的事只能在完成任务后再考虑了。

承办人比我大二十多岁,那时已是四十好几的人了。正是那次,他让我明白了为什么会有"男人四十正当年"之说,不然,他骑上自行车怎么能快如燕飞呢？我们三人始终落在他后面,按说,我和小李是毛头小伙,怎么说也应该比他身体强壮。

案件突破了,随之起赃成功,证据也固定扎实了,承办人心里非常高兴。我们跟着他骑,他不累,我们却很累;他不感到饿,我们却感到很饿;他觉得时间过得很快,而我们却觉得过得很慢。他回过头来向我们招手,鼓励说:"再加把劲,马上就到！"

赶在农家吃午饭的时候,我们到达目的地。承办人向嫌疑人妻子出示了搜查证,我们也都掏出工作证,走向院子一角新建的猪圈。其实,猪圈并不是新建的,但顶棚是新苫的麦草。麦草苫得整整齐齐,不比六七十年代农家新盖的茅草房差。我们不忍心破坏它,等待承办人给出一个明确的指示,再动手掀麦草。他围着猪圈转悠两圈,选在猪圈脊沿处,盯着压脊泥巴中间位置,审视好大一会儿,用手轻轻敲击几下,对我们说:"就在这里。"

照相员马上托起相机,做好起赃拍照准备。看来嫌疑人的妻子比我们还明白事情真相,向前跨一步说:"我知道你们想要什么,我来帮你们扒出来吧。"她不是怕拔出萝卜带出泥,而是怕我们毁坏她家猪圈。她预感到她男人这次要是进去,不知何年何月才能出来,以后猪圈淋雨了,没人修。

嫌疑人妻子的手避开猪圈脊沿,从一侧拨开麦草,没费劲就从里面搜出一个塑料包,递给我们。女人的眼神顿时变得黯淡无光,可面部表情却看不出一丝常态下应有的祈求之盼。她似乎已经知道她男人犯了什么罪,事情到这份上,祈求只能换来同情,换不来饶恕。就在猪圈里,那女人清点钱数,我趴在低矮的猪圈土墙上制作搜查记录。照相员拍下了这一幕。

略显发潮的人民币铺放在金黄色的麦草上,呈现一片金碧辉煌。五千元,现在看来是个不起眼的数字,但在那时,在乡镇,在农村,这是多少家庭梦寐以求的啊。

我和小李学着女人的手法,顺着猪圈的两条脊沿依次拨开麦草,从上到下摸一遍,没有其他发现。同时,我们把新苫的麦草也摸了一遍,然后重新把麦草捋顺,还原成原来的模样,带着犯罪嫌疑人的贪污证据回到单位。

当赃款连同包装的塑料袋一同呈现在犯罪嫌疑人面前时,他无奈而绝望地低下头。那神情、那眼神,是人的思想防线崩溃时所特有的表现,是经历抵抗、狡辩、挣扎,直至败下阵来之后的迷茫,是孤烟独吹留下的几许伤叹。

这样伤叹的眼神,之后没有多长时间在另一个人身上又出现了。这是我参与办理的一起制售假酒案件,嫌疑人折腾半夜不肯交代赃款去向,最后还是被案件承办人从他牙缝里扒剔出了埋藏赃款的地方。

我们办理这起案件时,在传唤犯罪嫌疑人后,马上进行搜查,从他家拉出的各类假酒足足两卡车。镇上有个年轻人在烟酒门市部买了他送去的假酒,几个人一起喝酒。年轻人喝多了,醉了,翻江倒海般地呕吐,难受几天之后,看不见东西了,眼瞎了。小镇及周边所有群众都对制售假酒的人恨之入骨,可又敢怒不敢言。检察人员协同工商部门多方摸排线索,确定制售窝点,带走了嫌疑人。在拉走嫌疑人家假酒的时候,有围观群众说:"能看小偷吃饭,不能看小偷挨打。"言外之意,就是说能看制售假酒的人花天酒地,过逍遥自在的生活,却不能看他被带走去蹲牢房。

嫌疑人起初不承认制售假酒,假酒从屋里拉出来他还不承认,怕喝瞎眼的人家黏上他。不承认制假就更不承认售了,嫌疑人就是像茅厕里的石头,又臭又硬。他被彻底制服并交代了赃款埋赃的地点,是在下半夜。在确凿证据面前,他不得不低头认罪。他说,卖假酒的钱存在银行一部分,剩余的钱为了便于购料,装在一个陶罐里埋在他家果园里了,是给果树追肥时和麦秸埋在一起的。

我们向科长汇报,科长看看手表,离天亮时间还早,没有连夜安排人员去起赃,只是说,做好保密工作,防止消息泄露。我们汇报后,科长睡不着觉,认为自己的决定不够严谨。为了防止疏漏,他又连夜安排两名干警去嫌疑人的果园里蹲守。

天一亮,我们赶赴那片果园,与夜间蹲守的同志会合,开展起赃工作。树上的苹果个头不大,却长相规整,口感好。果子采摘后,果农们围着果树挖条沟,在条沟里填入麦秸做底肥,从里向外,围着果树每年挖一圈。麦秸腐烂后,果树周边的泥土变得松软且富含钾元素,结出的苹果成色好,甜而脆。

每家户主都能说出自家每棵果树的特征,但在外人看来,每棵果树都大同小异。办案人员叫来犯罪嫌疑人的家属,确定他家果园边界。按照嫌疑人的交代,很快划定几棵果树,开始挖开当年填麦秸的条沟,在尚没腐烂的麦草中摸索。终于,在中心那棵苹果树的条沟里摸到一个陶罐。

扒出陶罐,里面有两万元现金。

那时正处于改革开放初期,有一万元的人家已经算是相当了得的家庭了。"万元户"是当时富裕户的代名词,代表着生活的幸福指数,只可惜嫌疑人家这两万元并不是通过勤劳致富而得的。

起赃的过程,同样要拍照,同样要把陶罐及钱一并带回去让嫌疑人辨认,嫌疑人同样是一副颓丧的脸。

二

现代执法者使用更为专业的法律用语,以"追赃"一词把"起赃"取而代之。当然,每一位执法者都不否认,起赃是追赃过程中的一个环节。表面看来,起赃似乎是嫌疑人故意给执法者制造追赃麻烦,但嫌疑人却忽略了一个问题——一个不懂证据学而自套枷锁的问题。他不知道起赃的过程恰恰是获取证据、固定证据的过程。

某地一位官员是一个很精明的人,像他这样的人,应该早就熟知银行行业保护储户储蓄存款的安全性,就把贪污受贿的500多万元钱分别存入广州、深圳、南京、昆明等地几十家银行,封藏58张存折。每天下班后,他便"躲进小楼成一统,管他冬夏与春秋"地坚守着自己"有存折在就有钱在"的信念,穿着裂口皮鞋和多年不换的夹克衫,关紧门窗,把所有的存折都拿出来,翻开看一遍,计算出所有存折的存款总数,然后才心安理得地离开。若是一天存折存款的总数计算不一致了,他就心神不安:是不是有人偷走存折取款了?何时把总数计算一致了,他悬着的心才能放下来。

相比那个把贪污的钱藏在猪圈麦草里的所长和埋在苹果地里的制售假酒者,这位官员显然更聪明,他舍不得让钱和存折脱离视线,而是放在自己的小楼里。之所以没有前两人潇洒、放得开,是因为他的钱实在是太多了。人如果成了钱的俘虏,就会被钱牵着走。

前面两人生活在农村环境里,有钱不存银行,怕露富,不一定是怕人举报,可能是怕人借钱。也许他俩脑子里根本就没有法律这个意识,没想到将来会有被法律追究的结局,只想图个好兆头,让钱生钱,从而获取更多的钱。

不义之财莫伸手,伸手必被捉!

证据对于执法者来说是永恒不变的主题,是支撑案件的血肉之躯,从古至今都是如此。

那年办理一起供销系统贪污案件。供销社体制改革时,嫌疑人自认为存放多年的"小金库"无人知晓,便销毁账簿,把现金带回家。办案人员去银行调查,无此笔存款,钱能放到哪里呢?没有证据,嫌疑人死猪不怕开水烫,宁死不承认。这时,一名办案人员突然回忆起一件事:那天去传唤嫌疑人,嫌疑人临出门一回头,分明是看了一眼屋顶。

屋顶有什么?办案人员想起来了,嫌疑人家的屋顶是用进货的包装布钉的顶棚。那时房屋还没有装修吊顶一说,用布拉起来做顶棚,比铺上高粱秸秆织的房箔子更高一个档次。难道他把钱藏在包装布下面了?问话人话题一转,问嫌疑人,"你家房屋顶棚的布是哪来的?"

嫌疑人猛地一惊,稍事冷静后说:"我承认我用的是进货拆下来的包装布,可这种布也不是都被我一个人占有了,其他职工也用。"之后,他自嘲般冷笑:"你们不会怀疑我把钱藏在顶棚上了吧?这么多钱放在一层薄布上,布还不早被坠得垂下来了。"

嫌疑人的话确实有道理。可他那一回头的眼神,回放在办案人员的脑海里,却怎么也排除不了与赃款相关的可能性。办案人员连夜赶赴嫌疑人家,有人用竹竿戳外间顶棚,一层薄薄的包装布,啥也没有。可那名办案人员偏偏是不到黄河心不死,继而转向内间卧室。这一戳,戳出了端倪。包装布的顶棚上面还有一层房箔子!既然换了布,为何要把房箔子留在上面?找来见证人,办案人员当场拆卸两道包装布,打着手电筒往里一照,打着捆的现金就放在房箔子上。

这是我经历的一次比较成功的起赃经历,不知道该不该叫起赃,因为它有悖常理,不是依据犯罪嫌疑人的供述,而是依据办案人员的观察力,发现了赃款的去向。

有了证据,那名主管会计和嫌疑人不再狡辩了,乖乖地认罪伏法。

这一过程,同样被照相员借助闪光灯拍了照。这是催生证据产生之所在,是案件的生命与灵魂之所在。

以上三起起赃案件,可以说隐藏赃物的地方都是常态搜查很难想到的地方。不过,再狡猾的狐狸也敌不过猎手就,像邪恶永远战胜不了正义一样。

三

人的智商是无极限的,在什么情况下才能最大限度发挥?仁者见,仁智者见智。科学家终其一生搞发明研究,却没有研究出这个问题。单从这点来说,穿裂口皮鞋的官员却没有三位无名之辈在这方面用心,他们一定是绞尽脑汁才想出嫌疑人藏钱的地方。虚伪的和聪明的,最后都是一个结局,历史再次证明一个道理:做人一定要坦坦荡荡。

文中共出现四个嫌疑人。对于我来说,挥之不去的是他们在物证暴露后那双无奈而失落的眼神。那绝望目光的背后到底包含着什么?无论怎么说,进入这种境界的目光,他的大脑这台机器肯定是达到了最高的运转速度。此时,他们没有想到享福和受罪竟然能如此快地交替,没想到失去高高在上的优越感后随之而来的是伤悲,没想到孩子的无助与迷茫,没想到这世界上原来还有规矩可以控制人的行为。

此时,一切的疑问全都变成了句号。

由证据,想到犯罪;由犯罪,想到犯罪人——那些犯了罪却不知道悬崖勒马,回头是岸的人。

余秋雨在历史散文《天涯故事》里有一段关于悬崖的描写,写的是海南岛的鹿回头。伫立在三亚的鹿回头高大塑像下,在"天涯海角"的石刻前,一名年轻猎手在追赶一头鹿,这头鹿不断地向南奔跑,最后在天涯边的悬崖上突然停住。前面是一望无际的大海,它回过头来面对猎手,双眼闪耀出渴求生命的光芒。故事的结局当然是一个动人而又俗套的中国式结局,鹿变成美丽少女与猎手成婚。这样的结局在中国民间故事里很常见,既有因果对应,也有前世姻缘。但我在这里要称道的是,鹿在悬崖前无力改变现实却有顺应时局面对现实而改变自己的勇气。

一个人犯了错误并不可怕,可怕的是不思悔改。一个走到悬崖仍不知回头的人,到头来只能自己断送自己。中国法律向来含仁怀义,宽大诚心改过的人。

以上,无论是官员还是无名之辈,他们都不具备享受到投案自首减轻处罚的政策规定的条件，甚至在他们的判决书里都没有坦白交代的字眼。犯罪嫌疑人临出家门时也有一回头,那是在做最后的挣扎。

新疆追赃

县里开展财务税收大检查时,发现一起合同诈骗案件的线索。检查组把线索转到检察院,检察长把线索批到经济检察科。案件线索是,县里一家公司在新疆购买棉籽饼,被骗取货款近百万元,导致这家公司无能力缴纳税收。

接到线索后,按照领导指派,我参与办理了这起案件。于是,我有了这次新疆之行——一次千里迢迢的追赃之行。

之前,我虽没去过新疆,但书本里的文字及图片早在我脑海里定格了新疆的美丽:沧桑博大的天山、甘甜可口的葡萄干和双眸幽深的维吾尔族女孩。如西部歌王王洛宾的歌词所形容:"从来没有哪一块土地,能让你如此魂牵梦萦;也从来没有哪一块土地,让人如此难以释怀。"我怀着这份向往,更重要的是我肩负执法责任,挤进了绿皮火车。

一

那时,改革开放已历经10年岁月,中国版图的最西端,也同样跟随着改革开放的步伐,在风云激荡中书写了属于自己的华美篇章。

中国大地的经济腾飞,史诗般的壮阔变化,离不开一个特殊群体——

打工者。改革开放之初,中国8.3亿劳动力资源中,有5.9亿在农村,伴随着改革开放的步伐,被拘束在土地上的农民走上自主择业之路。起初,这股庞大的进城务工流,云集在开放的沿海地区。而十年后,他们选择了新疆这片充满生机和希望的热土。直至今天,新疆的务工潮仍然在涌动。有人打比方说:"如果把准噶尔盆地和塔里木盆地比作两个硕大的馕,那么,外来的民工就像馕上的芝麻,洒满新疆的每个角落。"

挤上火车,涌进新疆的人流让我目瞪口呆。当时正值阳春三月,是民工出行的高峰期,车厢里没有一处插脚的空。我和同事想找到一个可以站立的地方,但挪动一步都很困难。车厢里所有的空间都摆满了民工们的麻皮袋子和包裹,没有座位的民工们坐在麻皮袋子及包裹上。我分开腿,把双脚分别插在他们的行囊中间,列车晃动时,不得不扶一下他们的肩膀。我们就这样强撑着,到了洛阳。从砀山到洛阳这一路,列车几乎没有开门,火车已经爆满,想从窗户上爬进来都不可能。

由于办案需要,我们在洛阳停留了两天。从洛阳再次上车,坐的仍然是这班列车。因为时间紧,任务重,我们压根也没考虑提前买好有座位的车票,而是想着办好了事情,挤上哪班车就坐哪班车。列车在洛阳启动后,一位列车服务员看我俩体力不支,不像民工可以靠在行囊上替换歇息。她出于安全考虑,主动问我们到哪里。我们告诉她到终点站乌鲁木齐。她建议我们下一站下车,转乘北京到乌鲁木齐的特快列车。她说,那班列车有座位,这班列车在到达终点之前都不会有座位。

我们听从了列车员的好心规劝,决定在下一站下车,可列车不开门,怎么下车呢?下一站是三门峡,一个停车时间比较长的车站。我们下车的唯一途径,就是从窗户爬出去。然而几乎每一个车窗前的茶桌上都摆满了东西,此外还有人把脚踏在座位缝隙里,身体趴在车窗前高高垫起的包裹上。

民工们的智慧印证了达尔文的生存竞争思想,难怪斯宾塞能把这一自然选择原理引入社会历史领域,提出适者生存的概念。爱动脑筋不怕吃苦的人,在任何恶劣环境下都能找到适合自己的空间。我的目光瞄着趴在包裹上的民工,发现他不过是个刚成年的小青年。我们把下车的希望寄托在这位小青年身上,但能不能打开这扇窗,还取决于窗户下座位上的那位中年男人。

我一点点向窗户靠近,同时向左右两侧座位上的人提出下一站从窗户爬下车的想法。他们或无语或摇头,没有一个人爽快答应我。我想:为什么呀?我俩从这下去,车厢就会减少一些拥挤。后来我想,他们一定是担心我们假下车,实则赖在车窗前抢占地盘,或者是担心下车时搬动了行李,空出的位置会被别人占领。

从洛阳上车时,我考虑到车厢拥挤,买不到水喝,在背包里塞了一个五斤的塑料桶,桶里装满凉开水。我对车窗座位下那位中年男人说:"我们是真的下车,刚才列车员跟我们说的话你也听到了。我包里有一桶凉开水,送给你们。这一路需要三四天时间,离开水不行。"

不知是我的真诚感动了他们,还是那一桶水让他们心动了,我把水交给那位中年男人,趴在车窗包裹上的小青年下来与同事换了位置。同事个头大,他先从窗户下去,好接应我。

列车缓缓减速,窗户被一点点打开。同事已经做好下车的一切准备,所有行李都提在我手里。等到同事下去后,我把行李递下去,他再接应我下车。列车的行驶速度越来越慢,被同事挤在座位靠背上喘不过气的中年男人,一边推开同事的胳膊肘,一边大口喘着粗气说:"车要停了,快下车吧!"此时,同事下车心急,头和肩膀已探出窗外,窗户左右的人扶着他的身子帮忙。就在这时,列车突然加速行驶起来,我提高嗓门:"快,把他拉回来!"

那一刻,得到水的和没有得到水的,靠窗的和不靠窗的,能伸过去的胳膊都伸向同事的身体,大家齐心协力把他从车窗外拉了回来。那是夜晚,靠窗的中年男人头挤向窗户,凝视窗外一会,回过头来说:"火车是过大桥,所以才减速。"

有了这次车窗救人的经历,在一片"大难不死必有后福"的安慰声中,大家彼此间的情感迅速升温。列车进三门峡车站,停稳后,我俩很顺利地从车窗爬了下来。我们没有出站,在一个多小时的等待之后,转上了那列北京到乌鲁木齐的特快列车。正如列车员所说,这列特快没有民工,上车就有座位,而且我俩还补了面对面的座位。

同事去加钱办理普快转特快手续的时候,我随便找个空位坐下等他。那一刻,我的思绪像雨后的禾苗一样蓬勃滋生,快速无序蔓延。车窗下车那一幕在我眼前挥之不去,脑海里跳出一个个为什么。为什么那列从连云港发往乌鲁木齐的普快火车上有如此多的民工,而这列特快列车上却没有民工呢?为什么民工们没有想到在三门峡换乘特快列车呢?从砀山上车尚需三天四夜,那些从连云港上车、从徐州上车的民工们,需要更长时间,他们在拥挤的车厢里熬过80多个小时,是一种怎样的滋味?

古黄河肆意泛滥的中原流域,是中华文明的发源地,斗转星移,这里的老百姓并没有摆脱贫困。当人口密集、贫穷落后等一个个字眼在眼前闪现时,我在想:贫穷是革命的催化剂,"穷则思变,要干,要革命"。我终于为家乡的民工们为了节省路费而不惜啃干馍、喝凉水,蜷曲在拥挤的车厢里,却率先开启前往新疆的征程找到了理由。

天亮了,车窗外,天更高,地更广,蓝天白云,云卷云舒。列车在千山万水中穿行,车厢里热闹起来,人们望着车窗外交流各自的感慨:有人谈到"十万上海知青赴兵团",也有人说到"八千湘女上天山"。这两件事,都是发生在20世纪五六十年代。十万青年从繁华的大上海,远赴新疆建设兵团,他们的资历比老三届还深,是知识青年上山下乡运动的前卫。一群平均年龄不到十八岁的湘女们,为了建设祖国边疆,远赴新疆垦荒戍边。两个不同的故事,两类不同的人群,但他们同样带着建设边疆的美好愿望,怀着神圣的青春梦想,离别亲朋好友,风尘仆仆地奔赴新疆。他们的到来,为祖国大西北建设输血换氧,为空旷的原野带来了知识和希望,带来了生命的曙光。

因此,涌流而行的民工们,相较于上述两类不同的人群,是幸运者。八千湘女步行走上天山,数月的长途跋涉,历尽千辛万苦,甚至是一边修路一边行走,却依然踏歌而行。三十年河东,三十年河西。而今,民工们不用报名,不用审批,他们自发地结伴而行,一样是祖国的建设者。

　　泥墙瓦房变为高楼大厦,险峻天堑化为开阔通途,民工们为祖国的经济建设添砖加瓦。他们点燃青春,为社会发展贡献力量;他们奋楫前行,为中国改革开放的宏伟篇章谱写一曲曲时代赞歌。他们在那列拥挤不堪的列车上,或跪或蹲或踮起脚尖,或仰或趴或斜靠在厚厚的包裹上,因入厕难,他们尽量少吃少喝;因一方立足之地难求,而不敢移动位置,任由双腿麻木、浮肿……

二

　　新疆真远!

　　到达乌鲁木齐,住进宾馆的第一个晚上,我睡在床上,耳朵里一直都是火车的轰鸣声和"哐当哐当"的车厢撞击声,不仅声音不绝于耳,而且感觉床也在不停地晃动。

　　本该在准格尔这座被蒙语意为"优美牧场"的城市里好好歇息一天再出发,借机欣赏这座古丝绸之路上的重镇,领略这座中亚地区最具活力的城市之风采,可惜,任务在身,我们不得不继续前行。第二天,我俩就坐上公共汽车,在戈壁与牧场中,在牛羊与古城遗址的残垣断壁间,颠簸约十个小时,到达最终目的地——奎屯。

　　奎屯是一座新兴的工商业城市,我们去的那年,它已满十三周岁。那时,第二条欧亚大陆桥已在此贯通。我们入住的奎屯宾馆,离市政府很近,正对市政府大门,一条宽阔的柏油大道伸向远方。柏油大道连通的另一头是火车站,我已记不起火车站的名字,很远,是那种"一望而有际"的远——从市政府看火车站或从火车站看市政府都一样,没有任何遮挡,只要你有足够好的视力,就可以看到对面走动的人,还有衣饰、发型等。这一切都没有给我们带来好心情,因为要找的人没有按照来前电报的约定赴约。空等两天后,我们只好启动第二方案,按我们之前掌握的线索,返回乌鲁木齐那家小招待所,去找招待所的女老板。

这一招真灵。女老板只说认识当事人,可以帮我们联系,同样,我们也只说据了解他以前在你们招待所住过,想来打听一下。话只能到此为止,各自心知肚明。我们回到奎屯宾馆的第二天,当事人就匆忙赶来,说是去某屯某沟还有某堡要账去了,耽搁两天,请我们谅解。无论他的话是真是假,在那个年代都冠冕堂皇。那时既没手机,也很少打电话,联络不顺畅,假话和真话一样。我们向他出示了与砀山某公司签订的购销合同,他只瞟了一眼,确认合同是真实的,便递给了我。那是他自己亲笔签写的合同,内容清楚得很,况且他那还有一份,无须多看。

当事人问我对他立案了吗,我反问他:"你认为我们要立案,会对你以什么罪名立案?"

同事接过合同,故意像是突然间发现了什么问题似的,惊奇地问当事人:"砀山是购货方,这份合同怎么是在砀山签的?你当时怎么没在洛阳或乌鲁木齐签呀?"

我知道同事是一语双关。一是告诉当事人,砀山是合同签约地,即犯罪发生地,我们有对这起案件的管辖权;二是暗示他,我们已掌握了他家在洛阳,和在乌鲁木齐能找到那个小招待所一样,在洛阳照样能找到他的家和单位。

不得不承认骗子的招数高明。他知道只有我们两人赴新疆,原则上是不会对他采取什么强制措施的。我们去的目的是追赃,尽可能减少损失。他明知自己已构成犯罪,仍然要狡辩,抱着侥幸心理,尽其可能减少赃款退赔。他摇着头,一副委屈的神情对我们说:"你们是不知道内里隐情,我也是受害人,这批货款我接收后又被人骗了,这笔钱变成'三角债'了。"

我神情严肃地责问他:"你知道什么叫'三角债'吗?"

他不语。我说,你连"三角债"的主体关系都搞不明白,还讲什么"三角债"?!

"三角债"是企业之间拖欠货款所形成的连锁债务关系,是企业之间无序开放的债务链。20世纪80年代中后期,由于经济过热,加之其他诸多因素,"三角债"在中国开始形成。我们去新疆那年,"三角债"给中国经济造成的混乱已达到巅峰,无怨当事人会借"三角债"为自己辩解。第二年,国务院决定在全国范围内开展清理"三角债"工作,时任副总理的朱镕基说:清理"三角债",必须采取一些"硬"措施。

那一天,在暗示与狡辩的对峙中,在紧逼与防范的周旋中,我们之间打的是一场心理战。虽然心理学家认为,心理战都是暗中起作用,主动暴露自己的不多。但事物总是矛盾的两个方面,像警察抓小偷的时候开警笛,明知道能把小偷吓跑,却还要这样做。因为开警笛是宣告自己为正义一方,要理直气壮,同时起到震慑犯罪、宣传告知群众的作用。

那天,心理战临近结束时,我们同样向骗子拉响了警笛。我们告知他:我们是做好两手准备而来的。我们的确是做了两手准备,在洛阳下车,在那里逗留两天,获取了相关信息材料。我包里还带着骗子在单位办理停薪留职的证明材料及他妻子的亲笔信,劝他积极配合调查,争取宽大处理。

三

近百万货款,我们如数追回!在那个年代,这相当于我们经济检察科办案一年追回的赃款总数。

为了追赃,我们历尽千辛万苦。搭乘顺风车去农七师催款,被困在戈壁滩一天一夜,滴水未进,连冻加饿,差点没把小命丢掉。水土不服,起一嘴泡,想吃炒素菜,走进饭店一问,青菜比肉贵,没舍得吃。我们攥在手里的是一张张银行汇兑单,不是现金。即便是现金,又能怎样呢?那是赃款,动不得。实在没钱,回不去,就到当地检察机关打借条,借钱回家。

在新疆半个多月,整天在大戈壁东走西突,人整整瘦了一圈。家乡已是春暖花开,那里却是白雪皑皑,凛冽的寒风依然冷得刺骨。宾馆楼下有一家皮衣店,看奎屯满大街的行人皆穿着或长或短的皮衣,意气风发。那天,我斗胆走进这家皮衣店,对我来说,这真是一项伟大的创举,因为我自己从没单独进过服装店,没独自买过衣服。那次,我也仅仅就是进去看下,莫说讨价还价,连价格也没问。仅就这一逛,皮衣的样式真的吸引了我,因为那款式在我们县城大街上尚没见到。我折回房间,向同事请教、询问,同事说:"我已经看过了,比我们那里便宜得多。"可惜,我们没钱购买。

我们刚到奎屯时,不能确定事情进展如何,也不能确定哪天才能回去,宾馆里的摇把电话,我和同事都试过,想给家人打一个通报平安的电话,一直打不通。追回第一笔赃款的晚上,借着一份好心情,我俩分别给家人写了一封信。一直到我们起程回去,都没收到家人的回信。说来也巧,我俩寄出的信,直到我们回到砀山的第二天,我和他的家属才分别从各自单位收到。

大概是高原地区海拔高、空气稀薄、太阳辐射强的原因,在那次追赃的最后几天里,由于高原反应,我的眼睛火辣辣地疼,怕光、流泪,以致后来左眼视物像隔了一层塑料膜。去当地医院检查,医生说是患上了虹膜炎,让我住院治疗,不然,一旦延误治疗时机,有失明的危险。

我们是在掰着手指头算账过日子,哪有多余的钱住院看病?买回去车票的钱是在当地检察机关借来的。我自我安慰,说眼睛上的病是一些小毛病,没那么娇贵,主要还是身体里缺少维生素,回去休养休养就好了。那天下午,同事让我躺在宾馆休息,他独自外出转悠,之后回来喊我去吃晚饭。我们走进一家小饭馆,一听老板口音就知道是家乡人。老板自我介绍,他来自豫东,我们虽不属于同一省份,可县城与县城之间仅有几十公里路程,是标准的老乡。

老板说:"下午你同伴来过,让晚上给你炒俩素菜。这季节,在这里,吃素菜比吃荤菜贵得多。"我想推辞,同事走过来督促老板,让他抓紧时间去炒菜。他是怕我嫌贵不愿吃,只有生菜炒成熟菜才无法拒绝。饭后结账,一份炒萝卜丝,一份炒大白菜,每一份都比炒羊肚还贵。我们提前买好了回去的卧铺,但离启程还有两天时间,剩余的钱一元一毛都要算着花。这就是身揣百万元,出差在数千里之外的我俩生活的真实写照!说实话,我俩不想在当地检察院多借钱,钱多钱少,差距就差在路上的生活是宽裕还是拮据。宽裕与拮据,都不影响回到家。

回家的头一天,乌鲁木齐下起鹅毛大雪,地面积雪一尺多厚,幸亏我们提前一天从奎屯赶到乌鲁木齐,不然,无论如何也不能从大巴无法通行的奎屯赶来。

　　我回到砀山后,会住在哪里?不是家,而是医院。在那个梨花盛开的季节里,每朵花都向着太阳露出了笑脸,迎接着我们的归来。而我无暇赏花,躺在了医院的病床上。我患有强直性脊柱炎,色素性睫状体虹膜炎是其并发症。以前之所以没有并发,是因为没有给它提供并发的环境。这次在大戈壁的高原气候下,条件充裕了,它就并发了,而且并发得如此彻底、如此顽固,以至眼科医生们连续一个多星期给我扩瞳、眼底注射,色素才被激素强行压倒,眼睛逐渐恢复光明。

大城奇遇

在我的印象中,那是我们经济检察科办理的第一起贿赂案件。受贿人交代犯罪事实后,领导指派我和另一名同事第一时间坐火车出差,找行贿人问话。

如何才能完成第一时间?我们站在墙上那张地图前,先确定去河北大城县的最近路线,然后查阅列车时刻表,找出在本地停靠的顺向车次,再推断在哪个地方下车才能最节省时间。大城县不通火车,我们发现正好有一列普快在天津南的一个历史文化和商贸名镇停车。从直线距离看,两者之间离得最近。

临去之前,科里召开案情分析会。大家一致认为犯罪嫌疑人受贿事实清楚,证据确实、充分,如果在当地检察机关的配合下突破不了行贿人的口供,就要把行贿人传唤过来。

遇抢劫

办理好相关手续,我俩马上赶到火车站。火车上没有座位,这在那个年代不足为奇。没座位就站着,下午五点左右,列车到站。

走出检票口,在落日余晖里仰望这座古老的南运河畔因历史漕运而兴盛的古镇,我不禁欣喜自己又长了见识,有幸游览了北上进津的门户。我们还没来得及迈步,不远处扎堆停放的几辆机动三轮车车主便围拢过来,拽包拉人,抢生意。我们不知道从这里到大城县实际距离有多远,也不知道这些机动三轮车是否能跑这么远的路程。因为是秋冬交替时节,我俩都带了御寒衣服,提包鼓鼓囊囊,外观上给人一种做生意的有钱人的感觉,其实是"金玉其外,败絮其中"。

一位车主抢先拽住我的提包,似乎在向其他车主明示,这两人已是我的顾主了。我们向这人摊牌,今晚要赶到大城,问他送不送。车主很实在,实事求是地告诉我们说,他们三轮车不跑那么远的地方,建议我们住下,不远处有家小旅店,每天早上8点有一班汽车去大城,等汽车的位置就在他们停放三轮车的地方。车主交代我们明早乘坐汽车的有关事项时,站在一旁的另一位年轻车主听到对话,想和我们搭茬儿,张张嘴却没有说话。

此时已是太阳快要落山的时候,我们在一家小饭店要了两碗面条,准备饭后去住旅店,坐明天一早的汽车。正在吃面条,一名三轮车司机急匆匆跑来,伸手夺去我俩的筷子,火急火燎地说:"快,你俩别吃了,正巧有客人去大城,顺路捎带你们。"

如果真是这样,又能省去半天时间。办案就像打仗,每一分钟都至关重要,更何况这是一起贿赂案件,办案人员还等着我们的外调材料呢。我们没多想,扔下才吃了一半的面条,问好价钱就上了车。三轮车箱里坐着一名年轻人,低着头,不和我们打照面。我看他和我年龄差不多,就主动问他:"你也去大城?"年轻人像是没听到,不理我。我本想问他车主收他多少钱,看他跟我玩老成,也就懒得再理他。

车主发动三轮车,"突突突"开得飞快。在出镇街不远处一个路口停下来,马上又有两名年轻人跳进车厢。后上来的两名年轻人上车后堵住车厢出口,把我俩挤在中间。职业锻炼的敏感性让我们同时意识到有潜在的危险存在。同事拍拍我腰部,示意做好防备,我悄悄把枪拉上膛,上了保险。

不知道三轮车什么时候从柏油路开进一条羊肠小道,颠簸在干涸的海河水系里,像是从荒原里逃出一只疲于奔命的怪兽,在黄昏中东奔西跑。车子在颠簸中前行,带起一片黄土狼烟。一望无际的河谷里,三轮车的"突突"声湮没了秋风的凄厉。三轮车颠离地面,人在车厢里东倒西歪,任由车厢撞腰,车棚碰头。我一只手始终不离开包,另一只手捂着皮带上那硬硬的家伙,包里有案件材料,人在包在,人在枪在!

大约一个小时光景,三轮车终于开出羊肠小道,爬上一条废弃的石碴路,停在一座残桥上。

"下车!"坐在车厢最里面的年轻人不知从哪里摸出一根铁管,头顶车棚,躬起半个身子,向我俩挥舞、咆哮。我俩早都盼望这一刻,因为在车辆里颠簸的滋味实在难受。车厢后面两个人跳下车来,车主一手提着摇把,另一只手里捂着两根铁棍,分别递给两人,四个手持铁家伙的年轻人,把我俩紧紧围在中间。

同事不紧不慢地问:"你不是说送我们到大城吗?"

"少废话!过了这座破桥就是大城地片,这不送你们到大城了吗?"

我问:"你们想干什么?"

车主说:"先把身上的钱都掏出来再说!"

感谢他们主动给了我俩掏枪的机会。我俩同时解开外套便装纽扣,几乎同时把枪握在手里,四个人吓得连连后退。

"说吧,想干什么?"我再次追问。

四个人稍事冷静之后,车主皮笑肉不笑地说:"原来你们是公安,刚才是和你们开个玩笑。我们这里到大城六十多公里,我这破三轮车哪能跑这么远?这样吧,我们回到柏油路上去,帮你们拦截一辆跑运输的汽车,带你们到大城。"

我俩不能确定他们在回去路上还会不会耍什么花招,毕竟带着案件材料,在这黑夜里不敢再冒险。同事大我几岁,平静地说:"我们不是公安,是检察院的。我们出来办案,时间紧,不然也不会被你们欺骗。你们还年轻,以后的路很长,只要记住这次教训,彻底改过,我们可以不追究。我相信你们本质上都不是坏人,只是一时犯浑,知错能改就好。"

我补充一句:"浪子回头金不换嘛。"

我们也是没辙,天已经完全黑下来了,在这河滩荒野里,我们不跟他们的车回到柏油路上去,又能到哪去呢?没想到同事的一席话,真的让车主有所感悟。正在我们犹豫不决的时候,车主说:"你们看这样行不行,我只身一人留在这里,让他们三个人开我的车回去,然后骑三辆摩托车来,一辆载我回去,两辆送你俩去大城。你们有枪,坐后面尽可以放心,只是……"

"只是什么?"我问。

"只是求你们到大城后让他俩顺顺当当回来,别扣下他们,我们以后再也不敢胡闹了。"

我不能保证他们以后真的不会再干坏事,但我相信他现在提出这个条件,是真诚的,虽是无奈之举,但多少也带有悔改之意。

我们答应了。

那三人发动三轮车就要走,我走过去把地上三根铁棍捡起来,示意他们带走。车主却上前一步,主动把铁棍接了过来,朝着三个不同方位,像比赛场上投掷运动员一样,把铁棍甩出很远的距离。

在等待摩托车时,车主坐在地上低头不语。无论我们如何给他搭茬儿,他都不说话,大有无须再教训,他已决心痛改前非之意。

没等多长时间,三辆摩托车相继而来,与约定不同的是,三位骑摩托车的人中换了两张新面孔。两位新人年龄稍大一些,看上去也老实沉稳。他俩主动向我们解释说,他们专门骑摩托跑大城送人,路线熟悉,驾驶技术也好,让我们放心。

没想到回去的三个人比车主想得还周全,他们竟然想到了雇佣摩托车送我们的万全之策。车主主动帮我们讲价,并一再安排必须把我们安全送到大城县政府宾馆院内。

看着我们走后,他才坐摩托车回去。

坐推车

我们在大城宾馆住一夜,确切地说,是睡一个凌晨。因为我们到达宾馆时,已是近第二天凌晨 1 点了。在宾馆吃过早餐,我们到当地检察院请求协助,由于当地检察院的经济检察科确实抽不出人手,只能给我们换了介绍信。于是,我们便乘坐公共汽车,去了当事人所在的乡镇。

那时检察机关协查制度还不规范,大多数检察机关不具备派人派车协助办案的条件,更多的方式就是在你带来的介绍信上再加盖当地检察机关的印章,签上"请予以配合"字样。

在换介绍信时,我们特意提出把介绍信开给乡镇工商管理所,因为我们只知道当事人的企业名称和当事人姓名,至于这个乡镇企业坐落在什么村庄尚不清楚,需要查找工商管理登记。

乡镇工商管理所的同志查找后告诉我们,该企业坐落在通往天津的公路附近,但从镇里到企业所在地有将近二十公里路程,全是河滩羊肠小道,不通车,唯一的交通工具就是用自行车改装的推车。

工商所里的同志很热情,帮我们找来两辆专门送人的推车。我本以为所谓"推车"就是骑自行车载人,人坐在自行车后架上就行了。但他们这种推车却是特制的自行车载人交通工具,在后架上装置一把类似木椅子的架子,人坐在里面被卡得结结实实,动弹不得。多数时候是载人者推着自行车走,只有遇到平坦路面时,他们才敢骑上一段路程。

推车的是两位中年男人,在镇街道不算平坦的石碴路面上,他俩很熟练地从自行车前杠掏腿上车。两辆自行车经过吱吱扭扭一段左摇右晃后,转向平稳。出了镇街道,开始爬向一条河堤,走的是蜿蜒小路。

两人下车,把我们推向堤面,而下堤的路却弯弯曲曲,很长一段路程。我担心下堤路滑,不好推,执意要下车,推车人不但不理会我,还竟然一前一后地骑上了车子。自行车迎风顺坡而下的感觉的确很享受,只是我太担心车翻人倒地,摔坏了车子摔伤了人。于是,我双手紧紧抱住坐架,无暇享

177

受下坡的那份轻松惬意。

接下来的路，基本都是羊肠小道，高低不平，坑坑洼洼。我们实在不忍心让两位比我们年龄还大的人推着我们走，在路过一片枣树林时，我们相继下了车，把提包放在了坐架上，再没坐上去。我们四人一起聊天、走路。两位推车人告诉我们，我们去的地方，家家都加工销售树脂，是一个供应树脂原料的专业村。他们如此一说，我们心里踏实了，没错，这正是我们要找的地方，因为这起贿赂案件，就是涉及树脂销售问题。不料，两位推车人却说："我们只能把你们送到目的地前面的一个小集市，你们找地方住下，明天一早自己去找人办事。"不知他们是出于个人安全考虑，还是另有隐情。看看天色已晚，他们还要赶回去，我们只好答应。

住白菜窖

两位推车中年人所说的小集市，其实就是一个普通村庄，看不出集市的样子。他俩帮我们打探到一家小旅馆。我们按照指引的方向找去，在一家院墙门口看到了红油漆写在屋墙上的"旅馆"两字。

推开院门，男主人出门接待我们，看我俩不像是做小生意小买卖的赶路人，无奈地说："我们这里的集会取消多年了，没有来赶集赶会的人，小旅馆多年都没人住了。你俩要是不嫌条件差，院子里那间放白菜的小屋打扫一下还能将就。"

我们哪还能讲究条件呢？只要有落脚一晚的地方就行。男主人看我俩很真诚，就招呼老伴一起拾掇小屋。小屋门口挂着一块秸草编织的草苫子，掀开草苫子，推开一扇木门，门内有根细绳，那是灯泡的开关拉线。一面墙上钉的铁钉上挂着打了结的细软电线，电线连接一只15瓦的灯泡。灯泡是这间小屋里唯一的电器，有了灯泡，我俩住店的心情一下畅快起来，不用摸黑睡觉了。

灯泡亮了，我俩站在门口观望，这哪是住人的地方，满屋堆积的都是大白菜！细看才发现，挂灯泡的那面墙，大白菜下面是一个土炕，对着另一面墙垒起的大白菜还没有达到屋檐的高度。他们夫妻两人把炕上的大白菜码在另一面白菜垛上，直至大白菜顶住屋檐。我站在门口，心里暗暗祈祷：上帝保佑，白菜垛千万别在夜里倒过来，把我俩压在白菜下。

女主人找来一张苇席，铺在炕上，并拿来一条湿毛巾反复擦拭上面的灰尘，之后给我们抱来一床褥子和一床被子，送来两个枕头。看女主人没再送炕上物件，我们知道不会有床单了，也就断了那份念想。院子里漆黑一片，我们在临睡前问好厕所，熟悉路线，免得夜间东找西摸。

小屋里透着一股股清凉，那是大白菜散发出的清香气息。我想起了家乡的白菜窖，是挖在地下的，不如这小屋白菜窖，更干净卫生，还省去不少麻烦。同事靠在炕头整理问话提纲，我睡不着觉，凝神注视大白菜。除了灯泡和炕上的被褥外，大白菜是小屋里唯一的风景。说是风景并不为过，那时的物流还不发达，大白菜是老百姓一个冬季的当家菜，被南来北往贩卖不多。也可能是我少见多怪，我第一次见到这种高帮白菜。白菜修长而紧致，像北方健朗的村姑。民间常说："鱼生火，肉生痰，白菜豆腐保平安。"我心里在想：待到大雪封门时，主人家有这一屋大白菜，着实心里踏实，凉拌热炒，品味甘甜，那是一份荡漾在绿色素里的幸福。

为了给主人家节约电费，同事整理完问话提纲后，早早拉灭灯泡，和衣而眠。我们清早起来洗漱，看到压水井旁有一只水桶，水桶里有半桶水，那是主人留作下次压水用的"引水"。我们使用压水井的经验不足，浪费了主人家两瓢水，才压出新水来。清澈的水流从压水井嘴里流出来，我马上提起水桶给主人家接满，不影响清早做饭。这时男主人笑眯眯地向我们走来，微笑说："用不着接这么多水，水桶里有半瓢水就够引水用了，这是我专门压好，留给你们洗脸刷牙用的。"说完，他走进那间小屋，抱出一棵大白菜。

看来，男女主人早就起床了，等着白菜做饭却又不好意思打扰我们。我们提包准备付账离去，女主人两手粘着湿面从厨房走出来，说是已做好了我俩的早饭，吃了饭再走。男主人说："你俩到哪吃早饭去？我们农村又没卖早点的。"其实，我们昨晚就没吃饭，我早已饿得蝉腹龟肠，听了男主人的话,两条腿再也抬不动了。

那天是我吃得最美味的一顿早餐,小米红薯稀饭,白菜叶油卷馍,一盘凉拌白菜丝。凉拌白菜丝里放了盐和醋,淋了麻油,香喷喷地诱人。我们就坐在厨房里,趴在擀面条的案板上吃饭,既有家的味道,也有家的温情。

饭后我去结账,男主人爽快地说:"你俩给三块钱吧,每人一块五毛钱。"我说:"不行,还有饭钱呢。"同事走过来,接过我手里一张五元的票子,直接塞进男主人衣服口袋里。男主人执意不要,说来了就是客,吃顿饭哪有收钱的道理。

最终,那五块钱,我们还是强行给他了。

吃南瓜水饺

尽管当地检察院没有派人配合,我们对拿下行贿人的口供还是充满信心的。我们来时设计两套方案,一是有当地检察机关配合时怎么做,二是没有当地检察机关配合时怎么做。出发前,我们在另一家同行企业开具了介绍信,没有当地检察机关配合时,我们就以另一家企业采购员的身份出现。

我们与行贿人见面,谈及采购同类产品,说到价格问题时,他主动报价每吨给的回扣数。我们说你留了一手,我们是某厂某人介绍来的,他到你这买过货,货到付款后,你给他的回扣不是这个标准,而且回扣款还是你亲自给他送到家的。我们如此一说,他笑了。他说给的回扣有点高了。我说,高了你还会亲自给他送到家里?行贿人很爽快,大手一挥,说道,你们放心好了,只要你们出同样的价钱,送给他的信封里装了多少钱,给你们的信封里一分都不会比他的少。

这下我们真的放心了。在闲聊中,行贿人不但详细描述了行贿经过,还叙述了在受贿人家门口差点被狗咬伤的惊险故事,并主动报出了信封里的钱数。行贿金额、送钱方式及时间、地点等都与受贿人的交代基本吻合。我们趁热打铁,亮明真实身份,并晓以利害,让他在坦白交代与负隅顽抗之间做出一个选择。我们和他谈政策,讲法律,适时出具相关书证。在事实面前,他无话可说,答应如实交代问题,配合我们做了一份非常详细完整的问话笔录。

笔录材料做好后,已过了吃午饭的时间。行贿人招呼家人给我俩做饭,在那种情况下,想不在他家吃饭都困难,因为我们没有地方吃饭。他给我们介绍了回去的路线,说是吃过午饭后,让他的两个儿子开摩托车把我们送到通往天津的柏油路上,在那里可以等到公共汽车。直到这时,我们才知道,来时在地图上查的所谓最近路线其实是错误的,从天津坐公共汽车来,比前者近一半路程。

早知如此,哪还有路上遇到抢劫的故事发生呢?

招待我们的这顿饭,还真难为了他的家人,他妻子和女儿急得干搓手。招待差了没面子,招待好了拿不出现成的东西。还是行贿人见多识广,他仰脸看见羊棚上已经枯叶的南瓜秧上还挂着一只青南瓜,便说:"你们那里不吃南瓜丝包饺子,让她娘俩给你们包南瓜丝饺子尝尝。"这中间我们已经几次提出让他儿子把我们送到柏油路上去,我们到天津再吃饭,他就是不同意,我们只好作罢。虽然知道在案件当事人家里吃饭不妥,但情况特殊也只好如此。

那是一个秋末南瓜秧子上结的瓜,如果不是不速之客到来,也许它在霜降之后的寒冬里就冻僵了,失去了生命的意义。它临时被派上用场,恰恰迎合了诗人李白"天生我材必有用"的感慨,像我们彼时,一路经历有惊无险,却锻炼了自己,成熟了自己。这件事也让我明白,做五六月的事,在八九月自有收获。

行贿人家的女儿真是心灵手巧,南瓜在案板上滚动,一阵"啪啪啪"刀切案板声,南瓜瞬间变成半盆细丝,掺拌调料后,散发一股诱人的香味。娘俩一个擀面皮,一个捏饺子,很快,白胖的南瓜水饺摆满了锅盖。我像是儿时过年一样,在心里默念"从南来了一群鹅,嘟嘟噜噜都下河"的儿歌,听厨房里锅碗瓢盆叮当作响,等待吃到香喷喷的水饺。

行贿人说得对,我确实是第一次吃南瓜丝水饺,一种很特别的味道,清

181

香里有一丝苦涩。我抬头看行贿人那张强装笑颜又掩饰不住苦涩的脸,心想,这水饺里一定也包进了他后悔与焦躁的心情。他两个儿子的摩托车已在院门外等候多时,吃过水饺,我们告别,离开他家。就在临走出院门时,行贿人突然拿出半盒香烟塞进我上衣口袋里,并说:"这包烟就剩下这几支了,别嫌少,拿着路上吸吧。"

行贿人突然拿半盒烟给我,这小儿科的把戏骗不了我。我知道烟盒里绝不仅仅是烟,一定还有钱。我掏出来瞅一眼,大约有四张五十元的钞票,应该是二百元。我向同事示意,我俩的目光同时集聚在院门后墙壁的裂缝上。

行贿人跨出门外,交代儿子行走路线,同事遮住我,我迅速从上衣口袋里又掏出十元钱塞进烟盒里,把烟塞到了墙缝里。为防止烟盒里的钱被别人拿走,在摩托车发动起来,开离他家十米远时,我招呼停车,向行贿人招手。院门外的行贿人不知何事,忙向我跑来。我下了摩托车迎上去告诉他:"烟被我塞进你家院门后墙缝里了,里面还有俺俩十块钱的饭钱,别嫌少!"之后,我快速跨上摩托车,离开了村子。

铤而走险的"暴发户"

一

"中国梨都"砀山,因梨而闻名,砀山酥梨,名扬天下。

按理说,在"梨都"这个地方,我写这篇文章,不应该首先想到萝卜。无论是味道和口感,萝卜都没有酥梨那份甘甜和滋润。尽管如此,一想到这起案件,我脑子里还是不由得蹦出那句俗语——拔出萝卜带出泥。

这一俗语的适用范围有点窄,常用来比喻案件,比喻调查先落网的案犯,引出另外的案犯。共同犯罪,特别是重大经济犯罪,案件之间盘根错节,每个案犯的存在都以其他案犯为条件,借用"拔出萝卜带出泥"的说法,意指他们互为萝卜,又互为泥土。在此种情况下,"拔出萝卜带出泥"不足为奇。

萝卜生长在泥土里,需要从泥土中吸取养分,犯罪分子之所以敢于以身试法,一个重要原因是存在滋生、保护他们的"土壤",这个"土壤",就是其犯罪环境。

砀山县某企业出纳会计携巨款逃跑。出纳会计的这一行为,让财务科长揪心了,犹如五雷轰顶,一下把他炸蒙了。连日来,他忧心忡忡,夜不能寐,既要配合检察机关查办案件,又要左遮右瞒,拖延查账。用他自己后来的话说:"几天来,我听不得一点刺耳的声响,见不得戴大盖帽的检察人员。

一见到他们,就骨软筋酥,心惊肉跳,感觉是拉着警笛的小车来逮我。"

这一天终于来临。

深夜,在灯火通明的砀山县人民检察院反贪污贿赂工作局办公室里,一脸倦容的财务科长竟然戴着手铐靠在椅子上睡着了。此时,他什么也不去想了,只想睡一会儿,安安稳稳地睡一会儿。他知道,他不会再有多少安稳的时光,他将在高墙隔离的牢房里等待审判。

他后悔自己失去一次从宽的机会,主动到检察机关来投案自首。自从出纳会计携巨款逃跑后,他就知道自己近几年来利用职权攫取巨款的事情将要露馅儿——这一无法弥补的漏洞,足以把他推进死亡的深渊。

他不是没在脑子里想过投案自首,但一想到那么大的数字,他心里就发慌、发怵。这期间,他几次被叫去检察机关配合调查。那情景,简直就像是赴刑场似的,回来之后总是一身大汗。他明白,那张法网,正在一点点向他靠近……

第一次伸手没有被捉,于是,他怀疑"伸手必被捉"那句至理名言的真实性而心存侥幸……犯罪皆为诱惑所致,贪婪者个个心存侥幸。这几年,他活在自己的谎言里,一直明白,却不愿回头。一次次抱着侥幸心理伸出黑手,明知不会有好结果,却一遍又一遍地飞蛾扑火。

直至几个小时之前,厂长找他说:"检察院要我陪你去一趟,有什么事涉及你,你就实事求是地跟检察院办案人说。"他浑身发抖,几乎是六神无主,可他仍然强打精神信誓旦旦地说:"我作为部门负责人,对于出纳会计携款逃跑负有不可推卸的责任。"

那种侥幸心理又陪伴他一路,确切地说,是他死死抱着那份侥幸心理走过这几年,直至走完了这段去检察院的路程。

走进检察院反贪局,当他看到检察干警们个个一脸严肃的表情,慌乱与恐惧一起袭上心头。刚开始办案人员对他进行的法律政策教育,他一句都没听进脑子里去,但当他听到了"决定对你立案侦查"那句话时,他终于意识到事已败露,无法蒙蔽。于是,他对宣布立案侦查的办案人说:"我交代,我愿意坦白交代……"

接下来,办案人员给他做笔录。这时,他的记忆力特别好,他把贪污手段、贪污数额及去向从头一一说起……二百多万呀,在那个年代,这是一个罕见的数字,那时贪污贿赂案件的立案标准仅是一千元。一段时间以来,压在他心里的那块大石头,像黑影一样尾随其身后,在一吐为快之后,他一下轻松了许多。

二

监守自盗是指盗窃自己的看守之物,即窃取公务上自己看管的财物。唐朝时期,杨炎因家族以孝出名而被唐德宗选拔为宰相。他上任后,把个人恩怨看得很重,引起朝中大臣不满。卢杞寻机报复,把他的私宅购作官署,弹劾他监守自盗,唐德宗下令处死杨炎。如清朝李绿园《歧路灯》里所述:"总之少了谷子,却无案卷可凭,这就是监守自盗的匿空。"于是,监守自盗有了一系列近义词:贼喊捉贼、见利忘义、知法犯法等。正是这些近义词,对比出了那些人们喜闻乐见而又旗帜鲜明的反义词,如克己奉公、两袖清风等。

财务科长的犯罪手段,既有传统渊源,又有改头换面,一句话,实惠又简便。把企业收到的钱伸手拿出来,不做账或少做账。他不怕吗?他也怕,怕审计,怕查账。可他偏偏躲过一次次审计、一次次查账。听起来,这简直是天方夜谭。

对付审计的事情,他的方法简单又复杂。简单的是,审计的人来了,他只要以会计出差不在家就可以打发走人;复杂的是,他要精心选出几个月的凭证,实在打发不走,就拿这些凭证糊弄过关。这些在现在看来不可思议的事情,在那个年代,他却做到了。可以说,为了这些简单又复杂的应对,他是费了一番心思的,这比他搞钱本身要费事得多。

讲到这里,大家自然会想到"萝卜"生长的那片"土壤",也就是出纳会计犯罪的环境。范成大在《四时田园杂兴》里说:"童孙未解供耕织,也傍桑阴学种瓜。"似乎有什么样的主管,就有什么样的职员。出纳会计比着葫芦学画瓢,却画不像,因为他手里没有这么大的权力。于是,他选择了比财务科长更简捷的路径,干脆携款外逃。

偏偏检察院那些不太懂审计的人,不相信出纳会计仅仅是只携款五十万元潜逃。他们对着账本深入细查,这一查,查出了端倪,查出了收支不平衡。这不是出纳会计能办的事,责任在主管会计身上。

当多项权力集于一身的时候,人极有可能蜕变,这是缺乏监督的后果。早在一百五十多年前,马克思就有了关于利润的经典语录,有300%以上的利润,资本就敢犯任何罪行,甚至去冒绞首的危险。

这是县域内的一家并不算很大的企业,谁营造了他们犯罪的环境?所谓"三查"与审计都成了走过场,内部监督与外部监督同时失控,这就使他们那双手越伸越有瘾。案发后,他交代说:"开始我是小打小敲地弄钱,心里很害怕,后来,弄钱的数额越来越大。"

面对如此一席交代,相信所有人都会思考一个问题:为什么他的胆子会越来越大?

三

贪婪,在人性中,仿佛是被封进瓶中的魔鬼,而权力,恰是那只揭开封口的手掌。

贪婪一旦与权力勾结,则将毁灭一切。

说来也巧,两人侵吞公款的动机均起始于该企业收购棉花的货源放开的时候,目睹一帮"二道贩子"轻而易举地成了"暴发户",他们的心理失去了平衡。用财务科长自己的话说:"看到别人发财,眼红了!"

"暴发户"是那个时代的时髦用语,多数时候被用来形容那些文化水平和道德素质没有跟上,却在短时间内取得了可观财富的人。就在羡慕那些像火山爆发一样富起来的人时,诱惑使他俩都不再如刚进来时那般勤勉谨慎,财务科更成了他俩纵横行事的天下。其实,何止是一个财务科?沉瀣一气才能形成利益均沾,在整个企业,他们也可以翻云覆雨。就这样,他们开始把贪婪之手伸向公款。

随着贪欲越来越大,财务科长,也有心虚的时候。对于那些贪占而没来得及弄回家的钱,他先放在办公室柜子里,有事没事,总爱关上门,打开柜子细看一遍,看看有没有被人翻动的痕迹,生怕被人发现。

他怕财务科的其他人出事,牵扯出他这只"硕鼠",因此对其他人管理得特别严,常因几块钱的发票报销问题与人争得面红耳赤。他自己出差回来,从不虚报一分钱。在那个没有高铁的年代,他到上海存款,都是趁星期六去,办完事,星期天连夜赶回来,星期一照常上班。所以,单位里很少有人知道他到上海去了,甚至连他妻子也不知道。他认为自己搞得很隐蔽,但没想到自己会在阴沟里翻船。

"我弄钱太容易了,也弄上瘾了,搞顺手了。"他说这话时很平静,平静得就像一潭死水,没有波澜,也没有多少感情色彩。就是在这种轻而易举的贪占过程中,他轻而易举地把自己推向了毁灭。

暴发户是社会转型时期的怪胎,在社会转型的新旧交替时期,他们借改革开放的春风,钻政策不完善的空子,鼓起了腰包。

暴发户的暴发过程往往是与违法相伴的过程。那个年代暴富起来的贩棉"二道贩子"是如何轻而易举暴富的?无非是低价坑农,在棉花里掺假,在贩卖及领款环节采用结交、拉拢、贿赂等不正当手段获取财富。他们的所谓"富"给社会造成一种错觉和假象,诱使一些不安分的人为获取财富铤而走险,这个企业里的两名会计便是典型的例子。

印泥口红

一

女人爱美，爱美贯穿她们的一生。但我没想到，女人会终其一生都不能从爱美的罗网中挣脱出来。

有一个爱美的女人，她在临死之前，把爱美之心演绎到了极致。那是我担任副检察长后分管监所工作时经历的一件事。我第一次参加死刑临场监督执行，那个爱美的女人给我留下的深刻记忆，让我不得不说：爱美无罪，爱美无高低、无贵贱。

尽管爱美的文章铺天盖地，爱美的语句妙笔生花，也许你只有看过这个故事，才会真正理解女人之爱美。

木楼离看守所很近，市检察院公诉处女公诉人早早就来到了砀山县检察院公诉科。她是女犯的案件承办人，来参加临场监督执行任务，顺便交代一下其他工作事项。

我们都喊她美女，她不但人长得漂亮，做事也干练聪慧，法庭上答辩如流。她把其他工作安排好后，我和她一起去看守所。看守所的条件很简陋，高高的院墙内，除了号房及前面一排留作办公和提审用的讯问室外，只有一片几乎与大门等宽的院子。指挥执行的法官在狭窄的小院内临时摆放了桌椅,对死刑犯验明正身。

第一名男犯被两名武警带出号房,叮当作响的脚镣越过黢黑而森严的大铁门,他没走几步就被架到了临时摆放的桌子前。黢黑的大铁门坐北朝南,临时摆放的桌椅坐西面东。死刑犯跪在桌椅前却扭头凝望大铁门,他知道生命的旅程已经走到了尽头,想把生命中的最后一瞥,留给他生命的最后一站。我敢说,大铁门内,高墙壁垒中,铁窗里的日子,这是他一生中产生思考最多的地方。

执行法官对他验明正身后,询问他有无遗言、信札。他说了许多伤感的话,反复嘱咐自己家里的那头猪应该长大了,让媳妇卖了,给他买一口好棺材之类的话。按理说,人之将死,其言也善。我没有听出他有什么善言,自私自利之心临死也没改变。他的那双眼神扫过在场的每一个人,生怕他最后提出的要求被遗忘了,不能传达给家人。

第一名男死刑犯验明正身后被武警押到院子一角,紧接着被带出的是那名女死刑犯。女犯面无表情却衣着整洁,头发梳理得顺顺溜溜,像用水浸湿过。尽管被两名女警架着,她来到桌椅前,还是瘫软在了地上。法官对她验明正身后,同样问她有无遗言、信札。她表示自己没有临终需要交代的遗言,也没有写好的信札。她只说:"我有一个请求,请对我执行死刑时,别伤我面部,给我留下一副完整的脸。"

临场的气氛沉重而严肃。女犯讲完这番话,周围一片寂静,只见她双眼微闭,嘴角轻扬,身体仿佛与她瘫软在身下的土地融为了一体,像一幅定格的人物速写。验明正身后,女死刑犯的目光在女公诉人身上扫来扫去。女人的心总是很细致,女公诉人感觉到了,走近女死刑犯,问:"你有什么话要和我说吗?"女犯大概是感觉周边这么多男性,欲言又止。

就在指挥执行法官准备宣布押赴刑场执行的时候,女公诉人摆摆手,示意暂缓押赴。她再次靠近女犯,躬身问:"你最后有什么要求,说出来吧。"女死刑犯嚅动嘴唇,可她说话的声音太小,公诉人没有听清楚,只好把身体躬得更低一些,耳朵贴在她嘴唇上,听她把话说完。

女死刑犯的话一定出乎公诉人的意料,她听后先是一怔,继而一脸木然。当她听出女犯在说"你的印泥能借给我用下吗"这句话时,她一下就明白女死刑犯为何要印泥了。她为自己从不随身携带口红而懊恼。她问了两名女狱警,她们也和她一样,没有随身带口红的习惯。

　　一个人在永别人世之前,临终愿望各式各样,五花八门。故而,荷兰一名救护车司机组织200多名志愿者,成立了"希望救护车"专门慈善机构,满足人们最后的愿望,让死者直面死亡,让生者重新体会生命的意义。死刑犯虽然是一个特殊类别,但验明正身后,执行法官对其有无遗言、信札的询问及为其留出遗言陈述的时间,也是法律人道主义原则的体现。

　　无奈,公诉人只好拉开公文包,打开印泥盒,托着女死刑犯的手,让她蘸印泥。那一刻,女死刑犯的手抖动得厉害。可以想象,在她自由的人生历程中,或者再缩小去想,在她花季少女的春天里,她一定是美貌的、阳光的、优雅的,是一道亮丽的风景线,甚至她也曾用明媚战胜过灰暗。而此时,永远的黑暗正在向她一步步走来……

　　女人是花,花要开放。她才40岁,正是秋后的墨菊,正在走向睿智中带着淡定与释然的岁月。她过早地凋零在寒冬里,剥蚀去一切华丽的花瓣,留下瘦骨嶙峋。一位作家说过,在真、善、美三者之中,女人最爱美。那么,失去真和善的美是什么样子?在她被带进这城池般的高墙中时,在她的手指第一次蘸上印泥在笔录上摁上手印的那一刻,她的美已变成了一朵有毒的曼陀罗。

　　这一刻,女死刑犯无暇去想这些,她要把爱美之心坚持到底。女公诉人用身体遮挡在女犯一侧,让瘫软跪在地上的她有一席相对隐蔽的地方,为女死刑犯的基本尊严留出一片空间。我恰恰站在另一侧,这一切,被我看得清清楚楚。我看到女犯抖动的手指戳进印泥盒里,然后颤抖着用手指抹嘴唇——鲜红的印泥抹得并不均匀,有几处抹到了嘴唇外。

　　没有镜子,她只能凭感觉抹。此时,她的思维并不一定完整,可能一部分思维已经停滞。但她用余存的思维坚守着爱美的底线,做完她生命中的最后一件事:用印泥代替口红,为因恐惧而发青的嘴唇绘出一抹浓重的色彩。

二

她要去见那个男人了,不想见也得去见,去另一个世界里。她是为他才抹的印泥口红吗?我想应该不是。

提起她制造的那起血腥杀人案,不得不提起一件东西——一个令多少农村人神往的商品粮"硬本本"。那是身份的象征,是许多农村孩子为此苦苦挣扎、挣断"红薯秧子"的终极目标。吃商品粮意味着什么?意味着不再是乡下人,不再被城里人看不起。她本就不应该出生在农村。她天生丽质,聪颖可爱,即便是在田园的日光下长大,她依然皮肤白嫩;即便是穿着粗布衣,她依然出落得楚楚动人;即便是和村里其他所有女孩一样不辍劳作,她身上依然充盈着一股高傲的气质。

美丽让女人更容易受伤害,自古红颜多薄命,天妒红颜,男人们为她们设下了更多欲望的陷阱。那年,她被县城新建的大集体企业招收为临时工。临时工是那些没有"硬本本"的工人,没有"硬本本",每年365天从不间断地坚持上班,即使过了十年、二十年,也还是临时工。

工厂仓库发货员是一位厂领导的儿子,他早已垂涎她的美艳。那天她去仓库领货,发货员把她引到仓库一角,借机把她摁倒在地,强行偷食了禁果。当时她要去告发他,发货员恐吓她说:"你去告吧,我只要说是你为了攀附我,想弄个商品粮户口而主动的,就没人会相信你的话。你一个临时工,卷起铺盖滚蛋吧!"

为了那份来之不易的工作,她忍了。可天不遂人意,偏偏那次她怀孕了。她没法再忍了,纸终究包不住火。她要到公安局去告,发货员一家人也紧张起来,托人去她家提亲。她死活不同意,可她的父母却死活都要逼着她同意这门亲事。他们说要没这事,吃商品粮的人家怎么会愿意和咱乡下人结婚呢?是的,孩子随母亲户口,这一条,就是天堑。

婚后的生活幸福与否可想而知。女儿出生后,挨骂挨打对她来说是家常便饭。她出门时,不得不把被打得青紫的眼睛包在长长的围巾里,或掩饰在墨镜下。

改革开放,企业改制,发货员下岗了。之后,他开过录像厅,开过歌吧,家变成了他在她面前公开淫乱的场所。那晚,女儿去了姥姥家,他酒后带个和他一样醉醺醺的女人回家,大概是嫌她碍眼,进门先是对她一阵痛骂,之后拳脚相加。她实在是受够了,翻来覆去睡不着。下半夜时分,她悄悄推开那间屋门,从房间一角,捡起一根铁棍,照着相拥而眠的两人头部一阵狂打,血与脑浆四溢。

那是他留下的铁棍,若干年前与人打架斗殴用的,还有手扣、九节鞭之类,匕首也有。但其他东西她用不着,男女两人在酒精的麻醉与欢娱劳累之后已沉睡,像摆在案板上任人宰割的羔羊。两人相继被杀后,离天亮还有很长一段时间。她没有想逃跑,跑也没用,跑了和尚跑不了庙。她倒是在想,我拿一条命抵两条命,值了。她本想跑回娘家看一眼女儿,这个想法仅仅在眼前一闪,就被她否定了。这个时间点匆匆跑回家,怎么给老人和孩子交代?再说,就算见女儿一眼,终究还要分离。

她静静地坐在外间沙发上,一段时间,脑子里一片空白,啥也不去想,啥也想不起来。人,就像一个空壳,再也不计较他的前嫌,也不用担心被他欺凌了。她突然嘴唇上扬,哼了一声,明白过来一个欺骗人的虚假定义:这世界上哪有什么鬼魂!要有,他俩现在还不该把我掐死了?

看窗外天渐亮,她把衣柜翻个底朝天,找出最得体的一身衣服穿上。她洗漱完毕,没忘化淡妆、抹口红。

天亮了。她打开屋门,走出去。她出去后,门就那么敞着,不怕小偷进来,什么人进来都不怕。她知道,要不了多长时间,这个院子里就会挤满人。她敲开公婆家屋门,告诉他们:"你们的儿子被人杀死了。"至于是谁杀死的,她没说,只说"你们起来去看看吧",然后,她径直走回家。

公公看到那惨不忍睹的一幕,看到床上还有个长发女人,什么都明白了,不用公安来,他也知道凶手是谁。他双眼带着泪水,哽咽着扭过头来,对儿媳说一句:"这是两条人命啊,你真能下得了手!"他一边安排人报警,一边堵在门口,防止杀人犯逃走。那间卧室的窗户外,婆婆瘫倒地面,哭天抢地:"我的儿啊,我的儿……"一声声不绝于耳。如她想象中一样,不一会儿,小院里的人,挤得水泄不通。

院子里有人说:"离远点,她别跑出来了。她现在杀人杀红眼了,谁都敢杀!"这话她听见了,也不计较,只是冷冷一笑,自言自语:"我平时连鸡都不敢杀,却敢杀死两个人?"

她理理额前长发,再次整整衣襟。时间过得真慢,她巴不得公安的人快点来,把她带到她该去的地方。她怕时间长了,女儿会来。她不想让女儿来,又希望女儿来。她想象着公安带她出门时,女儿一头扑过来,抱住她的腿,哇哇大哭。她要给女儿留一个好印象,再次整理额前的长发,搓搓脸。

三

暴戾且惨无人道的行为背后是施暴者充斥内心的孤独和恐惧,多数女人施暴行为的本质是通过暴力手段彰显自我,将本就该属于自己的男人牢牢地束缚在自己的掌控之中,让个体畸形心理从孤独和丧权的恐惧中挣扎出来。

与此相反,在这场家庭纷争中,她是弱者,却同样上演一场妒情悲剧,似乎她还没做好施暴准备,悲剧就发生了。

写到这里,压抑在心里的话我不得不说。虽然,这些话说出来会冲淡女人爱美这一主题,如此一来,一篇文章造就了自己给自己出难题又自己给自己找理由、补漏洞的尴尬局面。但法律人写法治题材文章,写作的目的是什么?细思量,头脑渐渐由纷繁而归于朴拙:不管是通讯还是杂谈,是小说还是散文,宣传法律、减少犯罪是一个永恒不变的主题。

人类的延续是通过两性来实现的,这是大自然千古不变的规则。婚姻是个人跨入社会的一扇必经之门,而之所以历史上成绩卓著的女性少于男性,是因为女人更渴望婚姻,这种渴望像鱼渴望水一样,寻求的是依赖感和安全感。被侵害的已婚女性为了不被世俗偏见所歧视,为了那个能带给她城里人身份的"硬本本",被逼迫着走进了侵害者的怀抱,送给她的不是安乐窝、护身符,而是一座摇摇欲坠的房舍,最终将其埋葬。女性,当婚姻成为囚禁她的地方时,要勇敢地跳出那堵墙,不要困在里面因缺氧而窒息。哪怕跳入风里浪里,至少有氧气有阳光,生命能得以重生。

女死刑犯的婚姻,如同坟墓般的牢笼,这与她最初遭遇性侵后没有处理好这件事有直接关系。这种事情对于大多数女性来说都是难以启齿的,在内心留下阴影,憋在心里,造成心理上极大的创伤。那么,这种可悲的事情,为什么有的女人却选择不去报警呢?原因是没有哪个女人愿意被绯闻或桃色事件搞得灰头灰脸,低头做人。出于人类本能的羞愧感,女人不愿因为被强奸而变成公众人物,更有甚者,像这名女死刑犯,她担心权势能够改变一切,担心关系网能够笼罩一切,怕遭报复。

若要社会安定,若要女性不再遭受欺凌,若要恶人及时得到惩罚,社会和媒体都要切实对被害人担负起一份爱的责任,避免其在生存环境及社会舆论中遭受二次伤害。

"霸王别姬"那道菜

那几年,假冒商标的案件特别多。

在办案中,我接触了这样一个吃"霸王别姬"的罪犯。初看上去,他文静得像个女孩,当时我想,假如他能成就商人梦想,也定是一名儒商。

我与他一道铁栏之隔,面对面而坐。

我第一次提审他。

我先打破僵局。这是规矩,他已喊过报告,我示意他坐下。

我:"怎么样,这里的伙食还凑合吧?"

他没有正面回答我,苦笑,摇头。

其实,他回答与不回答,对我来说都无所谓,这是套话。我一面整理卷宗,一边漫不经心地说:"当然了,比不上饭店的菜有滋有味。"

他:"不,你错了。昨儿一晚我都没睡,在考虑这个问题。人的心态决定人的味觉,脱离人心态的味觉仅仅是舌尖上的味道,而不是滋味。"

我惊讶于他的独特见解,递给他一个鼓励他说下去的眼神。

他:"滋,是味前补加的一个形容词。《吕氏春秋》说'口之情欲滋味',高诱加注:欲美味也。滋味是人心态释放时的享受,心态释放不了,吃什么都无味。"

估计每个人读到这里,都会认为我是在作秀,因为没人相信一名关押在看守所里的罪犯,能随口背出如此一段古文来。我也这样认为,所以我放下手里的卷宗,目不转睛地盯着他看。

他:"你别这样看我。你是蔑视我,还是为我的学识而惊讶?我实话跟你说,我是进来之前才看过一本书,刚才说的这些都是书上写的。进来之前我没闲情品味,认为我挣钱我吃饭,理所应当;进来后,我才细细品出这些话的味道。"

我惊叹一个涉嫌假冒商标的罪犯竟然对吃有如此研究,更惊叹他超人的记忆力!

我:"你接着说下去,我愿意听。"

我放下手里的那张拘留证,示意书记员重新掖进卷宗里。他是昨天才被刑拘送进看守所的,本来今天也只是履行二十四小时提审程序,没什么实质内容,无非是核实身份、告知案件环节、有无申请回避等。于是,我横下一条心,做他的忠实听众,看他到底有多大能耐,有多深厚的见解。

他:"这样说吧,我进来之前,每三天吃一次'霸王别姬',我没吃出什么好来,反倒吃出的是一份伤感。"

我无语。

他:"'霸王别姬'这道菜,你不会没吃过吧?"

书记员很生气,手掌拍在桌面上,发出很大声响。那一会儿,我也想对他发火,你这不是故意挑衅吗?而且还一下挑衅到我的软肋。是的,我没吃过"霸王别姬"这道菜,但我不能因为一道菜而让不该占上风的人占了上风。

我故意面无表情,紧紧盯着他,足足看他两三秒。那犀利的眼光,让他揣摩不透我是吃过还是没吃过,让他读不懂我眼神里蕴含着什么意思。

他笑了,无趣自嘲那种笑。但他仍然认为他是胜利者。接下来,他的话语可以印证他的心态。

他:"'霸王别姬'就是老鳖炖老母鸡。以前我三天一顿吃得没味,昨晚的窝窝头就咸汤,我却吃得很有味道,这就是心态决定味觉。"

我:"为什么以前吃好的没味,现在吃差的倒有味了呢?"

我强迫自己心平气和地说话。

他:"以前吃'霸王别姬'没味,是因为以前我做的那些事情不能代表真实自我;现在吃窝窝头喝咸汤有味,是因为我以前的所作所为和现在的罪犯身份具有一致性。"

说着,他突然摇头,叹气:"唉!我现在失去了自由,也失去了人格,我还有资格谈这些吗?"

我鼓励他继续说下去,但必须纠正他的思想误区。我说:"办案人对你以人道对待,是执法人性化的体现,譬如,今天对你二十四小时内提审,就是对你人权的基本尊重。你怎么能说自己失去了人格呢?"

他点头,若有所思。说完这几句,他想转换话题。我没同意,要求他接着刚才"人格"的话题继续说下去。

他又微笑,笑得很自信:"我的身份是罪犯,有什么身份权呢?我的财产是违法所得,违法所得就要没收,我有什么财产权呢?没有了身份权,没有了财产权,我哪还有人格权呢?"

我:"继续说下去。"我明知道他在颠倒因果,却感觉到他还有话想说。他真聪明,马上以人格权混淆了他的"人格论"。

他:"譬如有些官员,一顿饭一头牛,屁股下坐栋楼。他吃的、坐的都是老百姓的血汗钱,他们和我没什么差别。一个假冒、一个贪污受贿,归根到底都是欺骗,其人格是建立在不公道的身份和财产权基础上的。"

话说到这里,他仰脸看我,然后说:"我不是说你,你不是这类人,我一眼就看出来了。不然,我不会跟你说这话。"

他再次仰脸看我,接着说:"刚才你自觉眼神那么凶,其实你神情里表现出的是思索,是感悟,而不是高高在上的特权主义思想。"

"你是好人。"他补充一句。

我:"你有没有说我,我都会有则改之,无则加勉。只不过,我想知道你说的这些理论和你所犯的罪行有哪些关联?"

他:"我知道假冒商标是犯罪行为,在经济大潮里搏击,我想赢得第一桶金,然后改邪归正,脚踏实地地做生意。所以,我就抱着侥幸心理以身试法,结果还是像西楚霸王一样满怀抱负却败得一塌糊涂。其实,我的最终目标是规规矩矩做生意,老老实实做学问,做一个有学问的企业家,那才是我所追求的真实自我。"

他的观点,让我不由得想起一位法学专家的学术观点:"犯罪人格是犯罪个体在社会化进程中形成的自私、冷酷、缺乏道德和法纪观念等不良的个性心理特征。"于是,我说:"可惜你没有走到这一步。当然,现在没走到这一步并不代表你将来就走不到这一步,关键还要看你以后怎样做人。"说这话时,我想起了一种观点,认为每个人内心里都住着两个完全相反的自己,一个积极向上,一个消极堕落。我希望他积极向上的人格能战胜消极堕落。

他低头不语,应该是在思索我说的"以后怎样做人"的问题。

我主动打破僵局:"你是不是崇拜西楚霸王?"

他:"西楚霸王堪称中国历史上最强的武将之一,可惜,他失败了。我不敢与他相比,只是以此为鉴,提醒自己别'别姬'了。"

这话从一名罪犯嘴里说出来,我怎么听都感觉心里别扭。一个憋屈在地下室里,每天靠倒换烟酒,以次充好,假冒商标的罪犯,靠吃"霸王别姬"这道菜,提醒自己在犯罪的道路上别"别姬"了,这也太具讽刺性了。

此时,正值电影《霸王别姬》热播期间,但我认为,他对西楚霸王的崇拜并非源于陈凯歌执导的这部影片。《霸王别姬》是一部小说版电影,故事从1924年北洋军阀统治时期延续到20世纪70年代,一段横跨半个世纪的近代史,围绕两位京剧伶人半个世纪的悲欢离合,展现了对传统文化、人的生存状态及人性的思考与领悟,其内涵之博大,岂是一道霸王别姬菜肴所能体现的?

我的家乡距离霸王别姬的发生地灵璧县不远,对霸王别姬的故事从小就有听闻属于正常。我自小也经常夜里在牛屋里听大人讲项羽长相丑陋,凶猛异常,被称为西楚霸王;垓下一战,霸王战败,虞姬自刎,霸王背着虞姬的头骑马跑到乌江边……砀山原隶属徐州,"霸王别姬"菜品属徐州地区的传统名菜,又名"甲鱼炖老鸡",味道鲜美,营养丰富,可惜我没吃过。

嫌疑人在如此不合时宜的环境下谈起了这道菜,二十多年后再回首,"别姬"的人不止他区区一名的罪犯,也非区区小事,更非区区之见。"别姬"的事、"别姬"的人,时时都有发生。新中国成立初期有刘青山、张子善作为党的领导干部严重贪污、盗窃国家资财的例子;彼时,有韩福才、罗云光、倪献策等一批高官相继落马;之后,又有多少类似情况发生了?

他有一套一套的理论。作为一名罪犯,他和办案人员高谈阔论。如果换人来提审他,一定会认为他是个精神不正常的人,当然,换个人,估计他也没有高谈阔论的机会。

我没有认为他精神有问题,孔子曰:"三人行,必有我师焉。"他没有草稿,出口成章,从这点来说,我佩服他的学识,甘愿在他面前做学生。我放下架子,从最浅显的问题问起。他的卷宗材料显示他是高中文化,我就选择问他的文化程度。

我:"你为什么没有选择考大学?"

他:"我初中毕业后,看了一套《霸王别姬》连环画书。高中期间,我鬼使神差地迷上了创作霸王别姬电影剧本。老师上课,我把衣服顶在头上,埋头写剧本。结果,剧本没写出来,学业也荒废了。"

他很乐观:"不过,剧本没写出来,作家没当上,我却学会从深厚的文化积淀中思索人性及人的生存状态。"

"你思索出了什么?"我问。

他:"我从项羽自知大势已去,在突围前夕,不得不和虞姬诀别的历史中受到启发,才在求学无望的事实面前想到破釜沉舟,假冒商标去赚取第一桶金。"

"也不全是。"他马上纠正自己,"我是从刘邦能屈能伸、豁达大度的秉性中读出怎样做男人。我想赚钱,又不想做过于伤天害理的事,就选择假冒商标。刘邦在荥阳被困时,还让纪信假扮自己,让两千女子身披铠甲,自己得以脱逃。他不使用下三烂的手段,哪有他的千秋大业?"

怪不得莎士比亚在创作完《哈姆莱特》之后告诉世人,哈姆莱特这个角色,不同的人看完后,会有不同的看法。真是"一千个读者眼中有一千个哈姆莱特"。

说他是理想主义吗？明明是拜金主义和人性的畸变！荒谬的理想主义,脱离现实的理想观念！我说:"侵略者妄想称霸世界,鼓吹重新建设一个新世界。于是,残酷的杀戮开始,无尽的痛苦接踵而至。结果呢？称霸世界的野心能实现吗？全世界每个国家都会相互牵引,侵略者只能自取灭亡。"

我知道我这举例太大了,比楚汉战争大出十倍、百倍。于是,我又举例巴金。我说:"采取干净的手段实现理想,造就了巴金的伟大。"

他说:"我承认我采取的手段不干净。我出生在农村,出身于农民家庭,没有钱,没有社会地位,我不冒险,哪有资本去实现自己的理想？"

我盯着他看,看一个脑子里装着各类学问,思想却在走极端的人。

他:"我知道你肯定想问我,那么多人成为农民企业家,戴了大红花,他们是怎么成功的？我不能说他们中间所有人都是,但我能肯定,他们中间有一些人就是拿着国家的银行贷款,大肆挥霍浪费,和我一样干偷税漏税、坑蒙拐骗的勾当。他们看似风风光光,其实比我更险恶。我敢说,若干年后,这一批人会给国家金融带来大量呆账、死账。我假冒商标,只是以次充好,我拿不到银行贷款,是东凑西凑,借钱从小打小敲做起。相比于他们,我心安理得多了。"

他看出我神情变化,知道我对他口无遮拦讲话方式的忍耐度快到极限,赶忙闭了嘴。

闭嘴前没忘嘀咕一句:"弄颠倒了,是你提审我,我不该说这么多。"

他轻松一笑,说:"你问我吧。"

我:"你说的这些,和你每三天吃一顿'霸王别姬'这道菜有关系吗？"

我问他的话并不多,可每句话都能引出他的一段话。

他:"有关系。一是我这样做,是自己给自己制定自我消费加压增效的管理办法,强迫自己在三天内把这顿'霸王别姬'的菜钱在原有的基础上再多赚回来。其实,这道菜我吃得很少,剩下的都给干活的人吃了。二是通过这道菜,始终提醒自己,小心谨慎,别被'别姬'了。"

我:"假如你这次没有被'别姬',你准备什么时候金盆洗手？"

终于轮到他不语了。半晌,他说:"人的欲望无止境。"

对犯罪心理的理解是检验一名执法者执法深度和广度的标尺,我不愿错过任何一次积累经验的机会。

我:"在'霸王别姬'这道菜里,你除了吃得没滋味,有没有悟出什么问题点,比如项羽的个性特征等?"

他灵机一动,马上说:"我悟出项羽妇人之心和不听劝谏、刚愎自用的性格。正因如此,才导致他在这场'猛狮与胡狼'之争中尝到了一败涂地、四面楚歌的滋味。"

我:"你既然悟得这么透,那么,你从自身去克服这类缺点吗?"

这次换成他盯着我看,他好像不承认自己身上有这种人格缺陷。罪犯中有许多聪明人,而且有些人是极端聪明,这种极端聪明往往会演变成极端性格。

我颠覆了第一眼对他温文尔雅的印象,却也给不出一个准确的评价来。最大的感觉是他太能说了,满腹经纶。

他:"我的最大缺点不是不听劝,不是刚愎自用,而是虚伪。虚伪的性格每个人都存在,有轻有重,我重;不过你也有,你轻。"

这是我遇到的第一个敢于如此跟办案人员说话的犯人,他的话虽然听起来让人不舒服,但没有恶意。

他:"刚才我问你吃过'霸王别姬'这道菜吗,我就看出你没有吃过。你没有吃过,说明你是一名好检察官,靠你的工资,你不可能自己走进餐馆掏腰包吃一顿'霸王别姬'。你在是与否之间做一个巧妙的掩饰,给我一个台阶,也表达了对我最起码的尊重。一位耐心听犯人讲话的检察官,必是一名有修养有内涵的检察官。"

"别说我,还是继续说你自己吧。"我突然被他夸得不好意思,虽然犯人恭维办案人不足为信。

他:"我一直都不推脱罪责,实事求是交代问题,认罪服法。我争取一个好的认罪态度,会给我从轻判处吗?"

我:"当然了。认罪态度好,就可以在法律规定范围内从轻处罚。"

他:"我是一名人本主义者,喜欢以主体我去认知自我意识。我出去后,会还社会一个全新的自我。"

我点头,并向他伸出大拇指。

他不是李碧华,写不出李碧华的小说版《霸王别姬》,可我却感觉与他的对话交流,好像在读一本书。读的是一本什么书,主题是什么?我恍如半梦半醒,找不出答案来。

那次超越案情的谈话,我尽己所能,在他各类杂乱思想中适时给予纠正和鼓励,希望他能在牢狱里净化心灵,出来后成为一名对社会有用的人。他没有食言,我也没有和他白谈两个多小时。后来我听说他真的发家了,混成了一名口碑不错的大老板,我却从此再没见过他。我相信,只要走正道,凭他的聪明与学识,他会混得有模有样。

那天从看守所出来,天色已晚,我让书记员把卷宗带回办公室,自己却悄悄地走进了一家餐馆。之前我已摸过上衣口袋,刚领的工资使我有了走进这家餐馆的底气。

"有'霸王别姬'这道菜吗?"我问。

"有。"老板答应得很干脆,他上下打量我说,"里面有一间包厢,你们一共多少人啊?"

我说:"就我自己。"

老板很吃惊:"有人给你结账?"

我说:"我自己吃,自己结账。"

小餐馆离单位近,离看守所也不远,老板一定认识我,即使叫不出名字也知道我是哪个单位的人,开饭店的人眼睛都贼得很。他连连摆手说:"不用,不用,你记下账,以后有人请客时我再加进去。"

我摇头,没理会他。"霸王别姬"这道菜做好后,我付钱,打包,我要带回家,和一家人共享。最重要的是,我要感知这道菜的滋味。

尾 篇

Wei Pian

告别木楼

　　巍然屹立四十年的木楼,终究没能迎来21世纪。它没能等到百年一遇的世纪年。在世纪之交的暮鼓晨钟里,我们告别木楼,搬进了新的办公楼。

　　为顺应形势、发展的变化,检察机关的职能不断调整和变迁,木楼已不能适应科技强检的需求。检察院搬离木楼,木楼要拆迁,是它所坐落的位置使然,不然,政府也不会采取土地置换的办法支持检察院盖新楼。土地置换利用级差地价改造老城区,这是城市发展进程中一种行之有效的办法。

　　木楼拆迁后,木楼的位置上会有新楼拔地而起,将木楼取而代之。新楼,或将在县城鳞次栉比的高楼中成为新地标,但它占据的只是城市空间,绝不会像木楼一样,占据人们大脑记忆里久远的时间。

　　2000年4月,院里召开党组会,研究制订新楼搬迁计划,木楼的命运将随之而湮灭。散会后下楼时,我的皮鞋踏在木地板上发出清脆声响,那是十六年里,我都没有认真感受过的一种声音。那天散会晚,木楼里的人已下班,木楼显得格外静谧。静谧是一种心境,利于自我反思、内省。当一切都浸润在生命的芬芳与光泽里的时候,静寂无声却带给我一份木楼的命运即将终结的忧伤。

　　我走过木楼前的马路,站在对面仰望木楼,脑海里印下木楼高大的身

尾篇 Wei Pian

影。十六年、四十年,木楼仍然像一艘破海起航的船。木楼是有生命的,风雨四十年,它始终以一种顽强的生命的方式而存在!夕阳西下,暮霭沉沉中我分明看到帆在鼓动:或许,它是"征云极目处,碧海沐霞归";或许,它是"惊涛终靠岸,纷扰各前程"。

十六年里,我去过南京,去过沈阳,开阔眼界,也开阔了我的知识视野。我不合时宜地胡乱地把木楼与南京总统府、沈阳张氏帅府联系起来,越联系越觉得一梁一木、一地板一扶手都如此相近。假如再用十六年光阴能换回木楼的存在,我宁愿再在木楼里坐十六年。我多么希望能把木楼保留下来,它不能代表历史,也算不上古建筑,但它承载了新中国的一个历史节点!

这一切为时已晚。晚霞退去,我顿感木楼如此苍凉而肃穆,使人油然而生凛然之感。我喜欢为自己的疑问寻找答案,凛然之中,那是一种缺失心理给木楼增添的敬畏之情吗?

缺失的是什么?伫立在柏油马路前,一件已被淡忘的事,却被我从脑海里撕扯出来。初春时节,木楼前贯穿县城东西的人民路两旁的高大法国梧桐树被砍伐了,掩映在木楼前的高大树木已然不在,木楼才显现出凛然不可侵犯之感!

说那种梧桐是法国梧桐并不准确,它叫悬铃木,早在晋代中国就有引种记载了。这两行行道树应该和木楼同岁,把本来不宽的柏油马路遮挡成一条林荫道路。它为百姓蔽阳阻尘,也遮风挡雨。我站立的地方就是一个树坑,新的树苗还没栽上,也许会换成国槐,也许会换成垂柳,反正不会再栽种梧桐了,像木楼,拆迁后盖成火柴盒一样矗立的高楼,间或上面还有亭子、有长廊,但它不会再是木楼的模样……

我不想沿着道路往西走,西边是老隅子口。木楼与隅子口不足三百米,这三百米路程是老县衙门所在地。打小在家端碗吃饭,听村里人聊天总说县衙门,对于乡下人来说,县衙门就是县城的一处古老标志。据说,因为砀山出过朱温皇帝的缘故,那里的老城门,雕梁画栋,古色古香,石鼓、石狮守门。因年深月久,那份消失的记忆在黄昏里却越发厚重,厚重到我脑海里不自觉地闪现出海市蜃楼一般的幻影。

向东一百米是护城河,顺护城河漫步一小段转向我回家的路。我喜欢护城河畔那一簇簇艳红的色彩,那是多年前栽种的一种极为普通的树,叫紫叶李。紫叶李沿护城河边茂密地生长,隐介藏形的根无极限地延伸,吸食到护城河沉积多年的养分,长出一份青春昂扬的自我。它是北方县城春天的使者,花朵与杏花同时开放,杏花的淡白却不敌其嫣红,它树枝茂密而紧凑,相比杏树枝条的散漫却又不逮其轻盈。

我已经好长时间没有走过这条路了,活该今晚的心情是复合型忧伤的。我去注目那些紫叶李树的时候才发现,高大的紫叶李树已被砍伐精光!为什么?这树龄还不到该更新的年份,它远不如任意一根梧桐飘枝的沧桑?我只有从新栽的树苗上去寻找答案。

跨过路牙石,走到小树旁。我担心天黑看不清楚,把小树苗拉近再拉近,拉到眼睛下审视叶片的颜色,推出再推出,在目光所及的范围内观察树体形态。我惊讶了,新栽的小树苗仍然是紫叶李!

真是"五千个在哪里,十万个为什么"。我不禁埋怨起苏联科学文艺作家伊林,埋怨他不该把目光只放在科普的《十万个为什么》上,纠结中国的科学普及作品《十万个为什么》反复再版,为什么我在上面还是找不到答案?

冥思苦想,搜肠刮肚……

我为木楼的命运找到了答案,更换木楼前那条人民路上法桐树的答案自然也就清晰可见。这种同样代表新中国一个历史节点的叫"悬铃木"的树,它的球果在每年春夏季节开裂,产生的大量漂浮于空中的果毛容易进入人的呼吸道,使部分人群发生过敏反应。老树砍伐后,在原来的树坑里栽新树,道路并没加宽,我只能如此认为这是它被砍伐的理由。至于护城河畔的紫叶李为何要伐掉大树换小树,我不敢妄言,寄希望于我对小树苗辨析不准,或许那小树苗仅是外形像紫叶李,其内里是新树种。

我按捺好奇、忍着性子耐心等待,在若干年后,事实胜于雄辩,新树苗仍然是紫叶李!

为这一奇特现象寻找答案也不难，砍伐紫叶李树时，相关部门并没有认真论证。老树砍伐后，听取多方意见，大家都认为紫叶李应该保留，因此，补栽新苗是唯一的挽救措施。想到此，我真想唏嘘哉！唏嘘木楼没有如此幸运，因为木楼无法重新栽种！

我在木楼里成长。十六年，从一名高中毕业的农村孩子逐步走向领导岗位。在这十六年里，我又为木楼做了什么呢？其实，我内心的纠结也并非来源于搬入新楼那一年。那一年，我没有这么想，我和所有干警们一样欢天喜地：为我们有了窗明几净的办公环境，为我们有了可以集中列队面向国旗庄严宣誓的院子，为我们再也不用拿铁锤敲打窗棂上的插销关窗开窗。

告别木楼是在2000年4月29日，接下来是五一长假，干警们在假期里轻松运送自己的办公用品。那几天，每个人的自行车后架上都驮着一个纸箱，纸箱里放着尚没审理完的卷宗，当然，也有没有用完的笔录纸，哪怕是一张两张也舍不得丢弃，带进新楼，照样能用。自行车把上挂着网兜，里面装着搪瓷脸盆及破旧却洗得干干净净的毛巾，也有抹布之类，便于把新楼擦得明晃晃、亮堂堂。搪瓷脸盆的边沿掉了瓷，斑斑锈迹显露出铁的本色——这，就是那个年代的检察人！

检察机关军队式制服是在2000年10月统一换成西装式制服，搬家时尚未换装，已进入夏季，每个人穿的都是换装之前最后一年的豆绿色夏裤、浅豆绿色短袖。

检察院搬离木楼，最大的遗憾就是没有在木楼前留下一张全体干警的合影照片。木楼前那几株高大梧桐树已被砍伐掉，楼门前那面高高的围墙也被拆除，摄影师站在马路对面照张合影已有足够的距离，可惜没照，因为那时的彩色胶卷还很贵。

院里几辆"昌河"面包车在假期里不停奔波在木楼与新楼之间，运送档案。档案运送完毕，我不放心，跟随最后一辆车，从新楼回到木楼，在每一堆废纸里查看有没有遗忘的案件材料或涉密文件。

那是木楼留在我脑海里的最后的印象，它像一位不慎跌倒在泥潭里的衣衫褴褛的老人,表现出渴求生命的期盼。地面不再红得耀眼,而是落满尘埃,豆绿色在它面前没有绿叶红花衬映的那份相得益彰的美丽与灿烂。如果说木楼厚重,那么,在四十年的喧嚣之后,它却陡然变得如此暗淡。

我没有亲眼看见木楼轰然倒下,但我能想象到它倒下时发出的声音不会太响,像衣衫褴褛的老人跌入泥潭一样,慢慢倒下,没有让水珠迸发四射的力量。它发出的应该是"咯吱咯吱"的挣扎声、方木相扣处的开裂声及木板断裂时的咔嚓声。

那是一曲幽然的哀歌,送走了它的风烛残年。

木楼被拆,犹如玉楼赴召。它圆寂于责任与担当的历史使命中,亲眼见证了检察机关发展壮大的十六年。当骄傲与魅力华丽绽放之后,随物而化,奄忽若升遐,但它精神永在。

尾篇 Wei Pian

图书在版编目（CIP）数据

木楼十六年/杜艾洲著. —合肥：安徽文艺出版社，2023.6
ISBN 978-7-5396-7599-2

Ⅰ. ①木… Ⅱ. ①杜… Ⅲ. ①纪实文学－作品集－中国－当代 Ⅳ. ①I25

中国版本图书馆 CIP 数据核字(2022)第 215080 号

出 版 人：姚　巍
责任编辑：汪爱武　　　　　　　　装帧设计：吴　艳

出版发行：安徽文艺出版社　　　www.awpub.com
地　　址：合肥市翡翠路1118号　邮政编码：230071
营 销 部：(0551)63533889
印　　制：徐州绪权印刷有限公司　(0516)83866499

开本：710×1010　1/16　印张：13.75　字数：220千字
版次：2023年6月第1版
印次：2023年6月第1次印刷
定价：68.00元

（如发现印装质量问题，影响阅读，请与出版社联系调换）

版权所有，侵权必究